KB063625

로크미디어가
유혹하는
재미있는 세상

무당패왕 1

2023년 5월 9일 초판 1쇄 인쇄
2023년 5월 12일 초판 1쇄 발행

지은이 윤신현
발행인 강준규

기획 이기헌 왕소현 박경무 강민구 조익현
책임편집 이정규
마케팅지원 이원선

발행처 (주)로크미디어
출판등록 2003년 3월 24일
주소 서울시 마포구 마포대로 45 일진빌딩 6층
Tel (02)3273-5135 **Fax** (02)3273-5134
홈페이지 rokmedia.com **E-mail** rokmedia@empas.com

© 윤신현, 2023

값 9,000원

ISBN 979-11-408-1051-2 (1권)
ISBN 979-11-408-1050-5 04810 (세트)

윤신현 신무협 장편소설

1

武當覇王

무당패왕

ROK
MEDIA

로크미디어

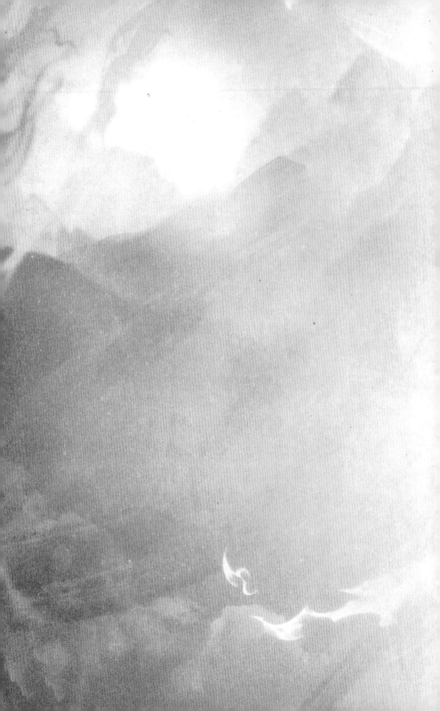

차례

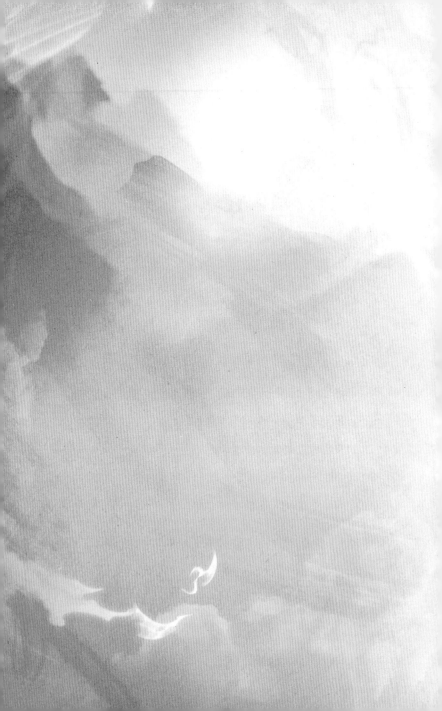

序 사부와 제자

"너의 태극권(太極拳)이 보고 싶구나."

구름이 노을로 인해 서서히 붉게 물들어 갈 때 사부가 빙그레 웃으며 말했다.

그리고 그 순간 유하성은 깨달았다.

지금 이 순간이 사부와 함께하는 마지막 순간임을 말이다.

그걸 깨닫는 순간 눈물이 왈칵 쏟아질 뻔했지만 유하성은 가까스로 솟구치려는 눈물을 삼켰다.

"……알겠습니다."

"표정이 왜 그렇누."

"아닙니다."

억지로 울음기를 삼킨 듯한 제자의 목소리에 명운이 빙긋 웃었다.

마치 제자의 심정을 다 알고 있다는 듯이 말이다.

하지만 하늘이 내린 수명은 인간이 어찌할 수 없었다.

또한 도인(道人)으로서 순리를 따르는 건 당연했다.

스윽.

마지막이 다가오고 있음을 스스로도 잘 알고 있었지만 명운은 조금의 아쉬움도, 미련도 없었다.

누군가는 해야 할 일이라고 생각했고, 그게 자신의 천명이라고 생각했다.

죽기 전에 결실을 얻었으니 오히려 명운은 돌이켜 생각해 보면 참 행복하고 보람찬 일생이었다.

'돌이켜 보면 아무것도 아니지.'

모두가 어리석다고, 불가능하다고 뒤에서 손가락질했다는 걸 그 역시 알고 있었다.

성공할 가능성이 희박하다는 것 또한.

그럼에도 그가 평생 동안 태극권을 연구한 건 적어도 한 명은 소실된 무공들을 복원하기 위해 노력해야 한다고 생각해서였다.

재능 있는 사형제들은 사문의 명예를 드높여야 하니 상대적으로 부족한 자신이, 그나마 연구에 재능이 있는 자신이 해야 한다고 생각했었다.

'다행인 건 죽기 전에 결실을 냈다는 것이지. 물론 나 혼자

서 한 건 아니지만.'

명운이 흐뭇한 얼굴로 제자를 바라봤다.

어릴 때부터 믿음직스러웠던 그의 제자는 비록 천재는 아니지만 누구보다 노력하는 아이였다.

그리고 창의적인 재능을 가진 아이이기도 했다.

복원 작업은 그가 시작했으나 마무리는 유하성이 한 것이나 마찬가지였다.

"허허허허."

특히 막연하기만 하던 십단금의 단초를 발견한 게 바로 유하성이었다.

그로서는 생각조차 하지 못한 색다른 접근 방식으로 말이다.

때문에 명운은 조금의 미련과 후회 없이 죽음을 받아들일 수 있었다.

휘이익! 휘익!

유려하다 못해 아름다운 제자의 태극권을 보며 명운은 환하게 웃었다.

그가 궁극적으로 추구하던 태극권이 바로 제자의 손에서 펼쳐지고 있었다.

무당(武當)의 모든 무공이 태극권에서 나온다는 조사의 말대로 바로 저 태극권에서 면장과 십단금이 나왔다.

퍼펑! 퍼퍼펑!

    무당파의 제자라면 누구나 알고 있는 태극권이 변화하기 시작했다.

    그와 제자가 함께 재해석한 태극권, 아니 보다 더 원류에 가까운 진무(眞武) 태극권과 함께 면장이 이어졌다.

    그 광경에 명운은 아이처럼 박수를 쳤다.

    이렇게 보고 있으니 정말 감격이 폭풍처럼 일어났다.

    '이제 내 할 일은 끝났다.'

    환한 미소와 함께 명운이 두 눈을 감았다.

    동시에 본능적으로 느꼈다.

    진짜 얼마 남지 않았음을 말이다.

    그렇기에 명운은 두 눈을 크게 떴다.

    '봐야지. 마지막까지 두 눈에 담아야지. 태극권과 내 제자를.'

    그의 전부라고 할 수 있는 둘인 만큼 명운은 두 눈을 부릅떴다.

    가더라도 마지막의 마지막까지 두 눈에 담아 둘 작정이었다.

    그런데 그때 생각지도 못한 인영이 눈에 들어왔다.

    너무나 익숙하면서도 이제는 낯선 그림자가 말이다.

    "명운아."

    "……장문사형?"

    "허허허. 오랜만이구나. 그 호칭도. 하지만 이제는 아니란다. 나는 더 이상 무당파의 장문인이 아니니까."

"대사형으로 돌아오셨구려."

"그렇지."

백발과 백염을 가진, 딱 봐도 선풍도골 같은 노인이 인자한 미소를 머금고서 다가왔다.

그러나 눈동자에는 짙은 안타까움이 서려 있었다.

막내 사제와 이렇게 대화를 나눌 수 있는 시간이 얼마 남지 않았음을 잘 알아서였다.

"여기까지는 어찌 오셨소?"

"나이를 이쯤 먹으니, 천기가 보이더구나. 막내가 나보다 먼저 떠난다는 게 말이다."

"천기는 무슨."

명운이 실소를 흘렸다.

한 치 앞도 보지 못하는 게 인간이었다.

아무리 무당파의 전대 장문인이라고 하나 천기는 아무나 볼 수 있는 게 아니었다.

선택받은 몇몇 인간만이, 그것도 자신의 천수를 담보로 잡아 볼 수 있는 게 천기였다.

"오랜만인데 농도 안 받아 주는구나. 나 섭섭하다."

"천기를 볼 줄 알았으면 진즉에 나타나셨겠지요. 무당의 역사를 바꿀 아이가 저기 있는데."

"……너에 대한 소식은 간간이 듣고 있었다. 제자를 거두었다는 것도. 그리고 그 제자가 네 업을 이어받았다는 것도 말이지. 그런데 보물이 되었구나."

무당파의 전대 장문인이자 무림에서는 검선(劍仙)이라 불리는 명천이 눈을 반짝였다.

공력을 사용하지 않았음에도 그의 눈에는 보였다.

유하성이 얼마나 대단한 경지를 이룩했는지가 말이다.

특히 그가 알고 있는 태극권과 같으면서도 미묘하게 다른 태극권은 보고 있으면 감탄이 절로 나왔다.

그 정도로 유하성이 보여 주는 태극권의 깊이는 너무나 깊었다.

얼마나 지독하게 수련했는지 발놀림 하나, 손놀림 하나만 봐도 절절하게 느껴질 정도였다.

"허허허허!"

진심이 담긴 명천의 감탄에 명운의 입이 귀에 걸렸다.

하나뿐인 제자가 대사형에게 인정받자 더없이 기뻤던 것이다.

마치 자신이 인정받은 느낌이라고나 할까.

또한 명천이 어째서 보물이라 말하는지도 너무나 잘 알고 있었다.

"명운이 네가 용을 키웠어."

"제가 키운 게 아닙니다. 스스로 자랐지요."

"면장과 십단금이 부활하다니. 정말, 정말 고생했다."

武當霸王
무당
폐왕

"아닙니다. 전 그저 해야 할 일을 했을 뿐입니다."

여한이 없는 얼굴로 명운이 환하게 웃었다.

그 모습에 명천은 울컥했다.

사실 간간이 듣고는 있었으나 그조차도 소실된 면장과 십단금을 복원하는 건 불가능이라 생각했다.

그게 쉬웠다면 진즉에 두 무공은 복원되었을 터였다.

내로라하는 천재들도 시도했다가 실패한 게 두 무공이었기에 사실 크게 기대하지는 않았고, 어느 순간 잊어버렸다.

그러다가 문득 막내 사제가 생각나서 찾아왔다.

왠지 모르게 가야 할 것 같다는 느낌이 들었다고나 할까.

'이런 게 바로 운명이겠지.'

생각난 김에 막내 사제를 찾았다가 명천은 보물을 발견했다.

어쩌면 무당을 천하제일문파로 만들 수 있을지도 모를 제자를 말이다.

더불어 믿을 수가 없었다.

장문인직을 내려놓으며 그가 현역에서 한발 물러났다고하나 아직 죽음을 생각할 나이가 아닌데 다른 사제들도 아니고 막내가 죽음을 눈앞에 두고 있다는 사실에 명천은 가슴이무거워졌다.

"저는 괜찮습니다, 대사형."

"내가 안 괜찮다."

"허허. 저는 여한이 없습니다. 오히려 너무나 감사합니다. 죽기 전에 두 무공을 복원했고, 모든 걸 물려준 제자 역시 남겼습니다. 그래서 저는 행복합니다."

"내가 안 행복하다니까."

명천이 짐짓 불퉁스럽게 말했다.

두 사람의 나이를 합치면 백오십 세가 훌쩍 넘었으나 그럼에도 명천은 지금의 대화가 어색하지 않았다.

오히려 과거로 돌아간 듯한 느낌이어서 너무나 좋았다.

"앞으로는 행복해질 겁니다."

"……쉽지 않을 것 같은데 말이다. 나를 바라보는 시선이 아주 차가워."

"그러니 좀 찾아오시지 그랬습니까."

"내가 얼마나 바빴는지 설명해 줄까? 제자에게 장문인 자리를 물려주니까 이제 좀 여유가 생기더라."

"알고 있습니다. 많이 바쁘셨다는 것도, 노력하셨다는 것도."

농담이었다는 듯이 명운이 빙긋 웃었다.

자주 보지는 못했어도 소식은 자주 들었었다.

명천이 얼마나 고생했는지 말이다.

"언질이라도 좀 주지. 저런 제자가 있다고."

"두 무공을 완성한 지 얼마 안 됐습니다."

"근데 저 정도 수준이라고?"

명천이 말도 안 되는 소리 하지 말라는 듯이 말했다.

진기가 실리지 않았음에도 그의 눈에는 훤히 보였다.

유하성의 수준이 어느 정도인지 말이다.

그렇기에 명천은 믿을 수 없다는 표정을 지었다.

"천재는 아니지만 천재를 뛰어넘는 방법을 하성이는 알고 있더군요."

"분명 근골은 평범 그 자체이긴 하지."

명천이 여전히 믿을 수 없다는 표정을 지었다.

하지만 가장 기본적인 자질이라 할 수 있는 근골만 봐도 유하성은 절대 상품(上品)이라 할 수 없었다.

둔재는 아니지만 그렇다고 뛰어난 것도 절대 아니었다.

그러나 지금 유하성이 보여 주는 모습은 그의 대제자보다 결코 못하지 않았다.

"천재라고 해서 벽을 무조건 넘을 수 있는 건 아니지요. 그저 출발선이 다른 이들보다 앞서 있을 뿐."

"네 말이 맞다. 시작점이 다를 뿐이지. 그리고 미안하다. 내가 너무 늦게 찾아왔구나."

명천이 두 눈을 질끈 감았다.

보는 것만으로도 막내가 어떤 삶을 살아왔는지 알 수 있었기에 그는 고개를 들 수가 없었다.

무당파는 챙겼으나 정작 막내는 챙기지 못했다는 생각에 명천은 마음이 무거웠다.

하지만 더 그를 힘겹게 만드는 건 더 이상 명운을 챙길 수가 없다는 것이었다.

"괜찮습니다. 저도 사람인지라 처음에는 서운했습니다만, 지금은 괜찮습니다. 사람마다 천명이 있고, 대사형은 대사형으로서 할 일을 하신 것뿐이니까요."

"……미안하구나."

명천의 고개가 숙여졌다.

지금의 말이 진심이라는 걸 알기에 더더욱 눈을 마주할 수가 없었다.

그래서 그는 부르르 떨리는 손으로 막내 사제의 주름진 두 손을 붙잡았다.

생기가 빠르게 빠져나가 여름이 오고 있음에도 서늘하게 느껴지는 두 손에 명천은 순간 울컥했다.

"허허. 대사형에게 이런 말을 들을 줄은 몰랐는데 말이죠. 근데 정말 괜찮습니다. 이제 저는 곧 떠날 사람 아닙니까. 그리고 저보다는 하성이를 신경 쓰셔야 할 겁니다. 무당의 제자이지만 저 말고는 아는 이가 없거든요. 더욱이 속가제자이지요."

"으음!"

"그렇다고 무공으로 붙잡을 수도 없을 겁니다. 하성이가 배운 건 태극권 하나뿐입니다."

명운이 의미심장하게 웃었다.

그리고 그 말뜻을 명천은 찰떡같이 알아들었다.

아니, 굳이 말하지 않아도 명천은 느낄 수 있었다.

자신을 바라보는 유하성의 시선이 썩 달갑지 않다는 걸 말이다.

"좀 도와줬으면 좋겠는데 말이다."

"허허허. 그래도 무당의 제자인 건 확실합니다."

"그런 말은 전혀 도움이 안 돼."

명천의 말에도 명운은 그저 빙그레 웃기만 했다.

그리고 서서히 시야가 흐릿해지기 시작했다.

가까스로 붙잡고 있던 끈을 놓아야 할 시기가 온 것이었다.

하지만 죽음이 임박했음에도 명운은 그 어느 때보다 환하게 웃었다.

"사부님!"

아련하게 들려오는 제자의 목소리를 들으며 명운은 두 눈을 감았다.

마지막까지 웃으면서 말이다.

더불어 그의 머릿속으로 제자가 펼치는 태극권이 각인되듯 떠올랐다.

'후회 없는 삶이었어. 후후.'

제1장 잊힌 자들

해가 어슴푸레하게 밝아 오는 시각에 유하성은 조그마한 봉분 앞에 섰다.

어제저녁 홀로 만든 사부의 봉분이었다.

하지만 무덤을 보고 있음에도 유하성은 아직 믿기지가 않았다.

지금도 고개를 돌리면 사부가 웃으며 그를 부를 것만 같았다.

"……사부님."

마지막 순간에도 웃었던 명운이 선명하게 떠올랐다.

그러나 더 이상 사부의 목소리는 들을 수가 없었다.

그의 부름에도 대답 역시 들려오지 않았고.

저벅저벅.

멍하니 봉분을 보고 있는데 등 뒤에서 발자국소리가 들려 왔다.

기척을 내지 않을 수 있음에도 일부러 내는 발자국소리였 으나 유하성은 일절 반응하지 않았다.

그저 석상처럼 사부의 봉분만 쳐다봤다.

'요놈 봐라.'

느릿하게 다가온 명천이 미간을 좁혔다.

자신이 찾아온 걸 뻔히 알면서도 유하성이 고개를 돌리지 않아서였다.

그러나 한편으로는 유하성의 마음이 이해가 가기도 했다.

어느 순간 잊힌 채로 조금의 지원도 없이 막내와 단둘이 살아왔을 터였다.

어제 명운과 짤막한 대화를 나눈 후 두 사제가 함께 생활 했던 거처를 잠시 둘러봤었다.

그렇기에 언짢은 건 사실이었으나 이해가 안 되지는 않았 다.

'내가, 그리고 무당이 잘못한 게 맞지.'

명천이 두 눈을 지그시 감았다.

당장 그만 하더라도 명운을 잊고 지냈었다.

장문인으로서 바쁘다는 핑계로 말이다.

만약 운명처럼 막내 사제가 떠오르지 않았다면 어제처럼 찾아오지도 못했을 것이었다.

'또한 하성이도 보지 못했겠지.'

명천은 두 눈을 천천히 떴다.

그러자 등뿐임에도 굳건하고 다부진 의지가 확실하게 전달되었다.

"도복을 벗었구나."

찬찬히 유하성을 살펴보던 명천의 시선이 봉분 앞으로 움직였다.

정확하게는 곱게 개어져 있는 낡은 무복을 향해서.

그동안 고단했던 생활을 보여 주듯 무복은 곳곳이 해져 있었다.

자세히 보면 군데군데 기운 흔적들도 가득했고.

"새로운 시작에는 새 옷이 어울릴 것 같아서요."

"새 도복은 얼마든지 줄 수 있다만."

"괜찮습니다. 사부님께서 남겨 주신 옷이 있습니다."

"……하산하려는 것이냐?"

예상이 갔지만 그럼에도 명천은 물었다.

유하성은 속가제자이지만 일반적인 속가제자는 절대 아니었다.

또한 반드시 지켜야 하는 인물이기도 했다.

그를 위해서이기도 하지만 무당파를 위해서 말이다.

"예."

"내가 가지 말라고 해도, 갈 생각이겠지?"

"예."

유하성이 단호하게 대답했다.

강압적으로 나오더라도 어떻게든 하산하겠다는 의지가 담긴 목소리에 명천의 얼굴에 씁쓸한 기색이 서렸다.

어제도 느꼈지만 유하성은 무당파에 대한 애정이 별로 없었다.

아니, 정확하게는 사형제들에 대한 애정과 관심이 없었다.

"네가 무당파에 있어 어떤 존재인지는 스스로도 잘 알고 있을 거라 생각한다."

"예."

간결한 대답에서 명천은 유하성의 속마음을 느낄 수 있었다.

그러나 아쉬운 건 유하성이 아니라 그였다.

더불어 그와 무당은 지은 죄도 있었고.

서른의 나이라 하나 이립은 결코 많은 나이가 아니었다.

"어디를 가도, 어디에 있어도 너는 무당의 제자다."

"알고 있습니다."

"그래. 그거면 되었다. 어려서부터 이곳에서 지냈으니 하산해서 세상을 둘러보는 것도 나쁘지 않다. 아니, 반드시 필요하지. 하지만 언제가 되었건 나는 네가 꼭 이곳에 다시 돌아와 주었으면 하는구나."

"돌아올 겁니다. 이곳에 사부님이 계시니까요."

"그래. 그거면 됐다."

명천은 고개를 주억거렸다.

한 입으로 두말하는 성격이 아니라는 걸 알기에 이 정도면 충분했다.

그리고 유하성이 돌아왔을 때에는 많은 게 달라져 있을 터였다.

반드시 그가 그렇게 만들 생각이었다.

"그때도 절 기억하는 사람이 있을지 모르겠지만 말이죠."

"걱정 마라. 내가 있으니까. 또한 너의 사백들도 건재하니."

"한 번도 본 적은 없지만 계시긴 하죠."

"허허허."

혀에 칼이 서린 듯한 대답에 명천이 머쓱한 웃음을 흘렸다.

차마 아니라고 할 수 없어서였다.

다만 그는 약속할 수 있었다.

앞으로는 달라질 것이라고 말이다.

'명운이 몫까지.'

막내를 떠올리며 명천의 눈빛이 깊게 가라앉았다.

그러면서 다짐했다.

다시는 이런 실수를 하지 않겠다고.

"의외로 순순히 보내 주시는군요."

"매달리면 머물러 줄 생각은 있고?"

"없습니다."

일말의 고민도 없이 나오는 대답에 명천은 피식 웃었다.

분명 성격은 다른데 이상하게 명운과 비슷한 느낌이 들었다.

"나도 그걸 알고 있다. 너를 위해서도 시간이 필요하다고 생각하고. 그리고 명운이 고집을 내가 뻔히 아는데 너라고 붙잡는다고 있을까. 그러니 어쩔 수 없이 보내 줄 수밖에. 대신 한 가지만 부탁하마. 너무 늦게 돌아오지는 말아 다오. 적당히 세상을 둘러보고 돌아와 주었으면 한다. 너는 속가제자이니 처자식과 함께 와도 좋고."

딱딱한 분위기를 조금이라도 풀어 보고자 명천이 그답지 않게 농담을 했다.

장문인으로서 늘 위엄 넘치는 모습을 보여야 했었지만 지금은 달랐다.

무당파의 장문인이 아닌 한 명의 사백으로서 명천은 웃으며 말했다.

"장담은 못 하겠습니다."

"언제라도 내 도움이 필요하면 연락하고. 적어도 나는 널 알고 있으니까. 그리고 많은 이들이 알게 될 것이다."

"그건 원치 않습니다."

"원치 않아도 그리될 것이다. 내가 그렇게 만들 거다. 그게 조금이나마 막내에게 속죄할 수 있는 방법이니까."

이것만큼은 명천 역시 물러날 수 없다는 듯이 단호하게 말했다.

명운은 죽었기에 마음의 빚을 갚을 수가 없었다.

하지만 유하성은 달랐다.

때문에 명천은 절대 양보할 수 없다는 표정을 지었다.

"사부님께서는 원치 않으실 겁니다."

"나도 안다. 그렇지만 내가 해 주고 싶다. 그래야 내 마음이 편할 것 같아서."

"그렇습니까."

지극히 개인적이고 이기적인 대답이었으나 유하성은 고개를 끄덕였다.

어떻게 보면 명천답다는 생각이 들어서였다.

무당파의 전대 장문인이 하고 싶다는데 그가 말릴 수 있는 일도 아니었고.

"그리고 명운이 나에게 널 부탁했다."

"……."

유하성은 대답하지 않았다.

대신 어느새 밝아진 하늘을 올려다봤다.

띄엄띄엄 떠 있는 구름 사이로 사부의 웃는 얼굴이 보이는 듯했다.

"너도 들었겠지만."

"들었습니다만 누군가에게 보살핌을 받을 나이는 지난 것 같아서요."

"나에게는 아기나 다름없지. 이립이라는 나이는."

"제가 돌아올 동안, 사부님을 부탁드리겠습니다."

"걱정 말거라. 이제부터라도 챙길 생각이니까."

명천의 목소리에서 습기가 느껴졌다.

자신보다 먼저 간 막내 사제를 떠올리며 울컥한 모양이었다.

그 모습에 유하성은 옅은 미소를 지은 후 명천에게 짧게 묵례하고는 땅을 박찼다.

휘이익!

제운종(梯雲縱)과 비슷하지만 묘하게 다른 유하성의 경신술에 명천이 나지막하게 탄성을 터트렸다.

그 정도로 유하성의 움직임은 수려하고 아름다웠다.

자기도 모르는 새에 탄성이 흘러나올 정도로 말이다.

"저 아이로군요. 명운이의 제자가."

"어떻느냐?"

"대단하군요. 태극권만 배웠다는 게 믿기지가 않을 정도로요."

명천의 옆에 소리 없이 착지한 노인이 경악한 표정을 지었다.

제운종과 닮았지만 제운종이 아님을 그 역시 한눈에 알아

무당
패왕

본 것이었다.

실제로 방금 전에 제운종을 펼치기도 했고 말이다.

"무당의 모든 무공은 태극권에서 나온다."

"본 문의 조사께서 말년에 하신 말씀이시죠. 태극혜검을 완성하신 후에."

"하지만 지금에 와서는 누구도 믿지 않는 말이기도 했지."

"오직 명운이만 믿었었죠. 다른 사제들이 지나치게 맹신하지 말라고 조언했었고."

명덕이 씁쓸한 표정을 지었다.

그렇게 말한 이들 중에 그 역시 한자리를 차지하고 있어서였다.

하지만 막내는 저렇게 보란 듯이 결과물을 만들어 냈다.

자그마치 이백 년 가까이 되는 세월 동안 누구도 복원하지 못했던 무공을 제자와 함께 완성해 냈다.

"자책할 필요 없다. 나 역시 너와 마찬가지였으니까."

"그렇기에 더 대단하다고 생각합니다. 모두가 아니라고 할 때 홀로 가능하다고, 해 보겠다고 했으니까요. 그 오랜 세월을……."

꾸욱!

명덕은 자기도 모르게 주먹을 움켜쥐었다.

그동안 막내가 얼마나 힘들고 고통스러운 시간을 보냈을지 짐작이 갔기에 차마 명운의 무덤에 얼굴을 비칠 엄두가 나지 않았다.

바쁘다는 핑계로 막내를 찾지 않은 건 그 역시 마찬가지였다.

사형제간이지만, 어떻게 보면 혈육보다 가까운 사이지만 어느 순간부터 그는 막내를 찾지 않았다.

알아서 잘 지낼 것이라고, 막내가 먼저 자신을 찾아올 것이라고 생각하면서 말이다.

하지만 그 또한 이기적인 핑계일 뿐이었다.

"후우!"

거기까지 생각이 닿자 명덕은 단전 깊은 곳에서부터 한숨이 흘러나왔다.

회한과 미안함이 가득 담긴 한숨이었다.

"나 또한 너와 같은 심정이다."

"……당연히 잘 지내고 있을 거라 생각했습니다. 떨어져 있어도 무당산에 함께 있는 건 사실이니까요. 아니, 어쩌면 그렇게 저는 자기 합리화를 하고 있었는지도 모릅니다."

"나도 마찬가지다. 어제 막내와 마지막 대화를 하는데, 눈을 마주 볼 수가 없었다."

철혈의 군주라 불리며 무당파를 이끌었던 이가 명천이었다.

하지만 어제만큼은 그럴 수가 없었다.

그렇기에 명천의 목소리에는 울음기가 섞여 있었다.

"명운이는, 어떻게 갔습니까?"

"편하게 웃으며 갔다. 조금의 미련도 없다는 듯이."

말이 쉽게 나오지 않는 모양인지 뒤로 갈수록 힘이 없어졌다.

그러나 명덕이 왜 그런지 알기에 명천은 웃으며 말했다.

묘하게 명운과 닮은 미소를 지으면서 말이다.

"다행이네요."

"아마 내가 찾아오지 않았어도, 그랬을 듯싶다."

명천이 하늘을 올려다봤다.

아까 전 유하성이 그랬던 것처럼.

그리고 실제로 그의 시선에는 명운이 어렸을 적 지었던 미소가 보였다.

어제의 주름이 자글자글한 얼굴이 아니라.

"명운이의 성격이라면 절대 누구를 탓하지 않았을 겁니다."

"맞아. 근데 서운하다고는 하더라."

"허허허."

명덕이 우는 건지 웃는 건지 구분이 가지 않는 표정을 지었다.

그 정도로 표정에 만감이 교차하고 있었다.

"나는 그래서 명운이에게 해 주지 못한 걸 저 아이에게 해 줄 생각이다."

"저도 그게 맞다고 생각합니다. 물론 그런다고 한들 명운이가 가진 서운함이 가시지는 않겠습니다마는."

"서운함은 없을 거다. 그렇지 않다면 어제 그런 표정으로 가지는 않았을 게다. 말로만 그런 거지. 명운이는 그런 아이니까."

"……."

명덕은 두 눈을 감았다.

그리고 다시 한번 막내의 명복을 빌었다.

자기보다 먼저 간 것을 욕하면서 말이다.

하지만 그건 그 스스로에게 하는 욕이나 마찬가지였다.

"또한 하성이는 무당에 반드시 필요한 존재다."

"면장을 복원했으니 당연히 그렇다고 생각합니다. 얼추 봐도 보통 수준이 아니고요. 본문의 지원도 없이 저 정도 수준이라니. 현재 일대제자들보다 월등합니다. 그래서 저는 좀 걱정이 됩니다. 현재 유일하게 무당면장을 익히고 있는 제자이지 않습니까."

명덕의 눈빛이 날카로워졌다.

미안한 감정은 잠시 제쳐 놓고 무당파의 전대 장로로서 입을 열었다.

그 정도로 현재 유하성은 일개 속가제자가 아니었다.

어떻게 보면 그 어떤 진산제자보다 중요한 인물이 유하성이었다.

"그래서? 강제로라도 붙잡아 둬야 한다고?"

"……명운이와의 일은 별개로 필요하다면 그래야 한다고 생각합니다. 대사형께서도 아시겠지만 현재 유일하게 무당 면장을 알고, 익히고 있지 않습니까. 적어도 비급은 만들어 놓고 떠나도록 하는 게 이치에 맞다고 생각합니다. 사질의 수준이 상당하다고 하나 강호초출입니다. 실력이 뛰어나다고 해서 반드시 살아남는 곳이 무림이 아님을 대사형께서도 아시잖습니까."

명덕이 냉정한 어조로 말했다.

또한 그가 말하는 바는 명백했다.

만약 유하성이 자칫 죽기라도 한다면 겨우 복원한 무공이 다시 소실될 수 있었다.

그것만은 막아야 했기에 명덕은 지금이라도 유하성을 붙잡아야 한다고 생각했다.

"맞아. 강호초출이지. 내가 알기로 일곱 살 때 무당산에 오른 후 단 한 번도 이곳을 떠난 적은 없으니. 균현의 저잣거리야 앞마당처럼 드나들었겠지만 그건 잠깐 외유한 수준이니까."

"그러니 더더욱 붙잡아야 하지 않겠습니까? 자칫 잘못하면 명운이의 노력이 허사가 될 수 있습니다."

"근데 그건 우리 입장이고. 명운이와 하성이의 입장을 생각해 보자고. 무공을 복원한 게 누구지?"

"명운입니다."

"우리가 한 건?"

명덕이 입을 다물었다.

그렇게 물으니 말문이 막혔던 것이다.

명운이 무당의 제자라고 하나 무당파가 실제로 막내에게 해 준 건 없었다.

알아보니 초창기에야 이런저런 지원을 해 줬었지만 그마저도 마지막이 십 년 전이었다.

무려 십 년 동안 명운은 잊혔던 것이다.

그것도 장로라 할 수 있는 이가 말이다.

"우리는 명분이 없어. 자격도 없고. 게다가 하성이는 진산 제자가 아닌 속가제자지. 도적에도 오르지 않았을뿐더러 도명도 없다. 내가 생각하기에는 자신의 천명을 하성이에게까지 물려주고 싶지 않았던 것 같기도 하고."

"그래도 면장입니다!"

"아니지. 정확하게는 태극권이지. 하성이가 배운 건 태극권뿐이다. 면장은 명운이와 함께 태극권에서 찾아내 완성한 거지. 막말로 균현의 시정잡배들도 알고 있는 게 태극권이다."

명천이 선을 긋듯 단호하게 말했다.

심지어 내공심법 역시 어느 정도 알려져 있는 게 태극권이었다.

그 정도로 태극권을 많은 이들이 알고 있었다.

"하오나……."

"말했지. 너와 나는 자격이 없다고. 있다면 무당이라는 이름뿐이다. 우리는 자격이 없어. 그리고 다시 맥이 끊어진다면 그 또한 운명이겠지."

"으음!"

명덕이 침음을 흘렸다.

동시에 깨달았다.

명천이라고 해서 아쉬움이 없는 게 아니라고.

아니, 그 누구보다 무당파의 명예를 생각하는 게 눈앞에 있는 명천이었다.

평생을 소림사를 넘고자 노력했던 이 역시 명천이었고.

그런 명천이 면장이 가진 의미를 모를 리 없었다.

"반대로 말하면 반드시 하성이를 지켜야 한다는 뜻이기도 하고. 근데 무력 쪽은 걱정하지 않아도 될 것 같아."

"강호는 무력만으로 살아남을 수 없는 곳이지 않습니까."

"네 말도 맞다. 하지만 그건 어중간한 수준이고. 하성이는 예외지."

"예?"

"너도 제대로 못 봤을걸."

명덕이 두 눈을 동그랗게 떴다.

그게 무슨 말이냐는 표정이었다.

그러자 명천이 의미심장한 미소를 머금었다.

"네가 본 게 전부가 아냐. 내가 괜히 안 붙잡은 줄 알아?"

"……설마 붙잡지 못할 정도입니까?"

"싸운다면 내가 이기겠지. 그런데 너도 알잖아? 죽이는 것보다 제압하는 게 더 어렵다는 사실을."

"정말 그 정도입니까?"

명덕이 믿을 수 없다는 표정을 지었다.

다른 이도 아니고 명천이었다.

정사마(正邪魔)를 통틀어 열 손가락 안에 들어가는 고수가 바로 그였다.

그런 명천이 쉽지 않다고 하자 명덕은 믿기지가 않았다.

"어. 나도 어제는 긴가민가했었는데, 오늘 보고 확실하게 알았다. 네가 보는 것 이상이야."

"그게 어떻게……."

"지원도 없이 어떻게 저 정도로 강해졌냐는 뜻이지?"

"예."

명덕이 고개를 끄덕였다.

배분으로 치면 유하성은 현재 무당파의 장로들과 똑같았다.

물론 속가제자이니만큼 장로 대우를 받기는 힘들겠지만 나이를 보면 일대제자들보다 조금 많은 정도였다.

현재 무당파의 장문인이 불혹이니 고작 열 살 차이였고.

"너도 알지 않느냐. 세상일이라는 게 늘 상식적으로만 흘러가지는 않는다는 사실을."

"아무리 그래도……."

명덕은 뒷말을 흐렸다.

그러나 의미는 확실하게 전달되었다.

"하지만 그렇기에 우리는 반드시 만회해야만 한다. 저 녀석 도복을 벗었다. 그게 무슨 의미인지 알겠지?"

"드러내지 않았을 뿐 가슴속에는 쌓인 게 많겠지요. 서른 살은 약관과 불혹의 경계에 서 있는 나이이니까요. 아직은 어리죠. 세상 경험도 부족하고."

"그러니 더욱더 노력해야 해. 많이 늦었지만 그렇다고 해서 손을 놓을 수는 없잖아?"

"어디로 가는지는 알고 계십니까?"

"전혀. 하지만 알고자 하면 못 알아낼 것도 아니지."

명덕이 고개를 주억거렸다.

다른 곳도 아니고 무당파였다.

구대문파의 양대산맥이라 불리며 소림사를 제외하면 천하 제일이라고 할 수 있는.

그렇기에 알아내고자 한다면 못 알아낼 건 없었다.

"알겠습니다."

"혹시나 해서 하는 말인데 감시가 아니다."

"저 아이는 제 사질이기도 합니다, 대사형."

"흠흠! 난 또 혹시 몰라서. 네가 쓸데없이 냉정하게 구는 구석이 있으니까."

명천이 슬쩍 고개를 돌리며 헛기침을 했다.

하지만 그럼에도 명덕은 웃었다.

왜 명천이 저리 말하는지 그 스스로도 잘 알아서였다.

"말씀드렸다시피 저 아이는 본 문에 너무나도 중요한 인재입니다. 또한 명운이의 하나뿐인 제자이기도 합니다. 그러니 대사형께서는 걱정하지 않으셔도 됩니다. 앞으로는 제 제자라 생각하고 챙기겠습니다. 다행히 저는 다른 사형제들과 달리 제자가 없기도 하고요."

"없는 게 아니라 아무도 제자가 되려 하지를 않았었지."

"인정합니다."

명덕은 순순히 인정했다.

그 역시 그 사실을 잘 알고 있었다.

지금도 제자를 거둘 생각은 없었고.

그러나 유하성은 예외였다.

"믿는다."

"맡겨 주시길. 또한 이런 일이 또 있나 확인하겠습니다. 실수는 한 번이면 족하니까요."

"내가 이래서 널 아낀다니까."

"그게 말만 그런다는 것 또한 압니다."

"험험!"

명천이 다시 한번 고개를 돌렸다.

그러나 명덕은 명천이 그러거나 말거나 이제는 보이지 않는 유하성이 향한 방향을 쳐다봤다.

태극권만 익혔음에도 제운종을 아무렇지 않게 펼치던 광경이 눈에 선했다.

'좋은 자극이 될 수도 있지만 불화의 시작이 될 수도 있다. 그러니 내가 잘 조화시켜야 한다. 그나마 다행인 건 속가제자라는 건가.'

처음에는 유하성이 진산제자가 아니라는 게 마음에 걸렸었다.

태극권만 배웠다고 하나 현재 유하성은 무당에서 유일하게 면장을 익히고 있는 인재였다.

더불어 실력 역시 상당했고.

그건 무당파에 있어 좋은 일이지만 한편으로는 불화의 씨앗도 될 수 있었다.

하지만 속가제자이기에 심각한 문제로 가지는 않을 듯했다.

어쩌면 막내는 이 모든 걸 계산했을 수도 있었다.

'아닐 수도 있지만 중요한 건 무당면장이 부활했다는 것이지. 그리고 하성이가 내 사질이라는 점이고. 속가제자이지만 하성이는 나와 대사형의 사질이다.'

진산제자와 속가제자의 차이가 있다고 하나 배분은 달랐

다.

익히는 무공은 다를지 몰라도 배분은 똑같았기에 현재 유하성의 신분은 무당파의 장로나 마찬가지였다.

그걸 공식화할 생각이기도 하고.

물론 단번에 받아들여지지는 않겠으나 반대하는 건 용납하지 않을 생각이었다.

"네 뜻대로 하면 된다. 하성이에 대한 건 네 생각과 같다."

"알겠습니다."

"반대는 용납하지 않는다. 내 이름을 걸고 말이야. 반대하려면 나부터 찾아오라고 해. 이건 장문인이라고 해도 마찬가지다."

마치 그의 속을 훤히 들여다본 것처럼 명천이 단호하게 말했다.

이 부분만큼은 한 치의 양보도, 타협도 없다는 듯이 말이다.

"저도 마찬가지입니다."

"다른 사제들이라고 해도 마찬가지야."

"아마 반대하는 이는 없을 거라고 생각합니다. 아니, 있다고 해도 제가 설득시키겠습니다. 조금 시끄러울 수도 있겠습니다만."

"내가 나서는 것보다는 덜 시끄럽겠지."

명덕이 피식 웃었다.

아마 명천이 나선다면 무당산이 뒤흔들릴 터였다.

그러니까 자신의 선에서 해결해야 했다.

"최대한 잡음 없이 처리하겠습니다."

"그래그래."

가벼운 봇짐 하나 멘 상태로 유하성은 산을 올랐다.

균현을 내려온 그는 강서성을 지나 복건성으로 갔다.

그곳에 사부의 고향이 있기에 유하성은 곧장 복건성의 성도인 복주로 향했다.

거의 무일푼으로 하산했으나 의외로 유하성은 돈의 부족함을 느끼지 못했다.

"한적하네."

애초에 풍요로운 생활을 했다면 모를까 유하성은 태어났을 때부터 쥐뿔도 없었다.

부모조차 모르는 천애고아에 유리걸식하며 생활했기에 오히려 없이 사는 게 더 익숙했다.

그 생활은 사부의 눈에 들어 무당산에 올라가서도 달라지지 않았다.

때문에 밤이 되더라도 굳이 객잔에 머무르지 않았고, 먹는 건 다 사냥으로 해결했기에 오히려 주머니 사정은 갓 하산했을 때보다 지금이 더 풍족했다.

"변방이라 그런가. 그 많다던 산적도 없고."

가끔 심부름을 하거나 생필품을 사러 균현에 내려가면 가장 자주 듣던 이야기가 산적, 수적, 해적 들의 이야기였다.

어딜 가나 도둑질을 하는 녀석들은 있다고.

균현이야 무당파의 영향력 덕분에 치안이 좋다지만 다른 지역은 다르다고 했다.

그런데 실제로 지금까지 유하성은 산적의 머리카락 한 올 보지 못한 상태였다.

"뭐, 좋은 게 좋은 거지."

유하성이 어깨를 으쓱거렸다.

강호초출이라지만 유하성은 무림에 대한 환상과 설렘이 없었다.

혈기왕성했던 시절은 진즉에 지나갔기에 오히려 지금과 같은 평화와 여유로움이 더 좋았다.

평지풍파는 일어나는 것보다 안 일어나는 게 더 좋다고 생각하는 쪽이었고.

까아앙!

한데 그때 평화로운 적막을 찢어 버리는 금속음이 들려왔다.

쇠와 쇠가 부딪치는 차가운 충돌 소리가 숲을 갈랐던 것이다.

뒤이어 잡스러운 육두문자들과 괴성도 들렸다.

"흐음?"

누가 들어도 싸움이 벌어진 소리였기에 유하성은 고개를 갸웃하면서도 땅을 박찼다.

지나가는 길이니만큼 전후사정 정도는 파악해야 한다고 생각해서였다.

만약 불미스러운 일이 벌어지는 중이라면 막아야 했고.

그게 무당파의 제자로서 할 일이었다.

스으윽!

이윽고 유하성의 신형이 사라졌다.

한순간에 감쪽같이 모습을 감추었던 것이다.

탁.

격전지로 한달음에 달려온 유하성은 차분한 표정으로 전황을 살폈다.

어찌 된 상황인지 대략적으로나마 파악하려 했던 것이다.

"이놈들! 무당파에서 가만히 있지 않을 것이다!"

그때 표사로 보이는 중년인이 피를 토하듯이 소리쳤다.

상처투성이의 몸으로 악에 받친 일갈을 내질렀던 것이다.

그러나 중년 표사의 말에도 산적처럼 보이는 외양을 가진 장정들은 하나같이 비웃음을 머금었다.

"무당파? 무우당파아?"

"혹시 지금 말하는 무당파가 호북성 균현에 자리 잡은 그 무당파인 건가?”

“북숭남존의 그 무당파?”

“그렇다!”

산적들의 이죽거림에도 중년의 표사는 조금의 부끄러움도 없이 소리쳤다.

그런데 그 모습에 산적들은 파안대소를 터트렸다.

“푸하하하!”

“아직도 제 주제를 모르는 모양이군.”

“아니면 인정하고 싶지 않거나.”

“믿고 싶겠지. 잊혔다고, 버림받았다고 생각하면 너무 슬프잖아.”

산적들이 대놓고 비아냥거렸다.

그러자 표사들은 물론이고 둘밖에 없는 쟁자수들이 입술을 깨물었다.

면전에서 저렇게 무시를 하니 흥분한 것이었다.

하지만 수적으로 불리하기에 먼저 달려들지는 않았다.

“분명 후회하게 될 것이다!”

“진짜로 무당이 잊지 않았다면 대청표국이 지금처럼 무너지지는 않았겠지. 안 그래?”

“지금은 잠깐 흔들리는 것뿐이다!”

“네놈들은 그렇게 믿고 싶겠지. 크큭!”

산적 중 하나가 느물거리며 비웃었다.

여전히 현실을 직시하지 못한다는 표정으로 말이다.

"두고 봐라! 무당파에서 네놈들을 가만두지 않을 것이다!"

"그럴지도 모르지. 하지만 중요한 건 언제나 현재이지. 네 말대로 무당파의 말코도사들이 여길 찾아올 수도 있겠지. 그러나 그때는 이미 모든 게 끝난 뒤일걸. 네놈들은 산짐승들의 한 끼 식사가 되어 똥이 되거나 양분이 될 테고, 우리는 없겠지."

부르르르!

중년의 표사가 몸을 떨었다.

분하지만 틀린 말이 아니었다.

대청표국은 더 이상 복건성을 호령하던 표국이 아니었고, 수적으로도 산적들에 비해 턱없이 부족했다.

다시 전투가 벌어진다면 전멸하는 쪽은 이쪽일 터였다.

'하지만 그럼에도 굴복하지 않는다.'

표사는 검을 움켜쥐었다.

표물은 표사에게 있어 목숨이나 마찬가지였다.

자신이 죽더라도 표물만큼은 반드시 지켜 내야 했다.

"이봐, 우리 좋게 좋게 넘어가자고. 굳이 우리끼리 칼부림할 필요 없잖아? 대청표국은 끝났어. 가라앉는 배라고. 그런데 굳이 그 배와 최후를 함께할 필요는 없잖아? 살 수 있는 사람은 살아야지. 안 그래?"

"이참에 한몫 챙기는 것도 나쁘지 않고. 뭣하면 우리가 받아 줄 수도 있어."

"산적 생활도 나름 괜찮다고? 강호초출 중에 정신 나간 것들이 협객놀음을 하기는 하는데 그건 폭풍우를 피한다고 생각하며 몇 달 잠자코 있으면 돼. 쥐 죽은 듯이 있으면 지나가거든."

몇몇 산적들이 은근한 목소리로 꼬드겼다.

싸우게 되면 승리가 확실했지만 그렇게 하면 크고 작든 피해가 발생했다.

험한 인생을 살지만 굳이 다칠 필요는 없기에 산적들은 그럴듯한 말로 살살 회유했다.

되면 좋고 안 돼도 그만이었다.

"대청표국은 절대 산적들에게 굴복하지 않는다!"

"모두가 같은 생각은 아닌 것 같은데?"

행동대장 정도로 보이는 장년인이 히죽 웃었다.

그의 눈에는 고민하는 표사 한 명이 보여서였다.

단 다섯뿐인 소규모 표행이었기에 한 명이 배반해도 그 타격은 컸다.

그리고 그렇게 되면 그로서는 손도 대지 않고 코를 푸는 격이었다.

"잘 생각하라고. 여기서 죽기에는 다들 너무 젊은 나이 아냐?"

"명예? 자긍심? 다 좋지. 근데 죽으면 그게 다 무슨 소용

무당
패왕

이야?"

"맞아. 개똥밭에 굴러도 이승이 낫지. 여기서 신용을 지킨다고 의뢰인들이 고마워할 거 같아? 어차피 표행은 여기서 끝나게 되어 있어. 그건 무슨 짓을 해도 달라지지 않지."

"그럴 바에는 난파선에서 빠져나오는 게 낫지 않겠어?"

마귀의 유혹과도 같은 말들이 두 표사의 귀로 파고들었다.

그들도 눈이 있기에 알았다.

이미 대세는 기울었다는 사실을 말이다.

또한 무당파의 지원 역시 없을 거라는 것도.

"정 배신하는 게 걸리면 도망쳐. 추격하지 않겠다고 약속하지."

흠칫!

고민하는 두 표사의 눈동자가 흔들렸다.

그리고 그걸 장년인은 놓치지 않았다.

"꼭 복건성이 아니라도 다른 곳은 많잖아? 중원은 넓다고."

꿀꺽!

악마의 속삭임과도 같은 장년인의 말에 두 표사가 마른침을 삼켰다.

그런데 그 소리를 분명 들었을 텐데도 중년인은 고개를 돌리지 않았다.

오히려 후방에 있던 쟁자수들이 생각지도 못한 상황에 어쩔 줄을 몰라 하며 눈치를 봤다.

　자칫 잘못하면 산적이 문제가 아니라, 내분이 일어날 것만 같아서였다.

　덜덜덜.

　그래서인지 두 쟁자수들이 들고 있는 단검이 불안하게 떨렸다.

　만약 최악의 상황이 벌어지면 어떡해야 하나 고민하는 것이었다.

　"누구든 한 명은 반드시 데려갈 것이다."

　"형장은 그럴 거 같아. 딱 봐도 아주 대쪽 같은 성격이네. 근데 결과가 늘 마음먹은 대로 되는 건 아니지."

　"그럼그럼."

　스스슥!

　장년인의 말에 다른 산적들이 키득거리며 고개를 크게 끄덕였다.

　그러자 곳곳에서 활시위가 팽팽하게 당겨진 활들이 모습을 드러냈다.

　지시만 떨어지면 언제라도 화살을 쏠 수 있다는 듯이 중년 표사를 겨냥했던 것이다.

　"자긍심과 기개는 멋지지. 근데 힘이 없는 정의는 그저 나불거림에 불과할 뿐이라고, 형장."

　"그럴지도 모르지."

십여 개가 넘는 화살이 자신을 겨냥하고 있음에도 중년의 표사는 조금의 흔들림도 없었다.

그저 왼팔을 들어 심장을 보호하며 검을 늘어뜨렸다.

당장이라도 달려들 것처럼 말이다.

그리고 그 일촉즉발의 상황에 나머지 네 사람의 안색이 해쓱해졌다.

"마지막으로 남길 말은?"

"머지않아 대가를 치르게 될 것이다."

"어지간히도 믿고 있군. 정작 무당파는 대청표국이 있는지도 모르는 것 같던데."

"예전에는 몰랐지."

"누구냐!"

갑자기 들려오는 낯선 목소리에 장년인이 버럭 소리쳤다.

당혹감을 숨기기 위해 일부러 큰 소리를 낸 것이었다.

툭.

장년인을 비롯해서 산적들이 정신없이 두리번거릴 때 한 곳에서 인기척이 났다.

나무 위에 있었던 모양인지 사내 하나가 바닥에 착지했던 것이다.

그런데 그를 본 산적들이 안도하는 표정을 지었다.

딱 봐도 특별할 게 전혀 없어 보여서였다.

"근데 지금부터는 다를 거야. 다른 제자들은 몰라도 나는 기억할 테니까."

"미친놈인가?"

장년인이 미간을 좁혔다.

멀쩡하게 생긴 놈이 알 수 없는 말을 지껄여서였다.

그리고 그건 다른 산적들도 마찬가지인 듯 하나같이 고개를 갸웃거렸다.

"무당파의 제자를 찾았잖아?"

"네가 무당파의 제자라고?"

"그래."

사내, 유하성의 말에 장년인이 코웃음을 쳤다.

무당파의 상징과도 같은 복장은 물론이고 송문고검도 없이 봇짐 하나 달랑 둘러멘 주제에 무당파의 제자라고 하니 어이가 없었다.

그렇다고 고수다운 면모가 있는 것도 전혀 아니었다.

"요즘 무당파의 재정 상태가 썩 좋지 않은 모양인가 보네. 제자에게 도복 하나 주지 못할 정도로."

"글쎄. 나도 재정 상태에 대해서는 잘 몰라서. 알고 싶은 생각도 없고."

"모른 척 숨어 있었으면 목숨을 잃지는 않았을 텐데. 저승에 가면 네 오지랖을 탓하거라."

스윽.

장년인이 손짓했다.

생각지도 못한 방해꾼이 등장했지만 그뿐이었다.

딱 봐도 촌뜨기로 보였기에 장년인은 고개를 돌렸다.

그런데 부하들에게서 헛바람을 들이켜는 소리가 들렸다.

"허업!"

"뭐야? 왜 그래?"

"다짜고짜 화살이라. 하긴, 말이 필요 없기는 하지. 애초에 서로 죽일 사이이니."

쌔애액!

날아온 화살 하나를 가볍게 손으로 붙잡은 유하성이 그대로 주인에게 돌려주었다.

하지만 본래의 주인은 유하성과 달리 화살을 붙잡지 못했다.

대신 이마로 받았다.

"끅!"

정확히 이마 한가운데에 박힌 화살에 산적 하나가 신음과 함께 고꾸라졌다.

동시에 산적들의 분위기가 달라졌다.

보이지도 않는 화살에 대경실색한 것이었다.

"뭐야? 왜 놀라? 노련한 산적이라면 이 정도 광경은 익숙하지 않나?"

"쏴, 쏴라! 얼른 쏴!"

순식간에 부하 한 명이 죽자 장년인이 다급하게 소리쳤다.

그러고는 슬금슬금 뒤로 물러났다.

만약 감당할 수 없는 고수라면 언제라도 도망칠 수 있도록 최대한 거리를 벌리는 것이었다.

쌔애액! 쌔액!

장년인의 지시에 십여 개의 화살들이 일제히 허공을 날았다.

오직 유하성만을 노리고서 화살을 쏜 것이었다.

스으윽.

그러나 곡사도 아니고 직사로 쏜 화살을 유하성은 너무나 여유로운 몸놀림으로 피했다.

서두르는 기색 없이 느긋한 움직임으로 모든 화살들을 회피했던 것이다.

물론 단순히 회피만 하지는 않았다.

퍼퍼퍼퍽!

날아오는 화살을 도중에 낚아채 이번에도 역시 주인에게 돌려주었다.

다만 제대로 받은 이는 단 하나도 없었다.

"히끅!"

덜덜덜.

하나같이 이마에 화살이 박힌 채로 허물어지는 동료들의 모습에 몇몇 산적들이 딸꾹질을 했다.

그리고 대부분은 바닥에 주저앉았다.

이번 모습으로 자신들이 감히 어찌할 수 없는 강자라는 걸 알았기에 모든 걸 포기한 것이었다.

하지만 다른 선택을 한 이도 분명히 있었다.

타다다닷!

바로 장년인이었다.

그는 유하성이 유려한 몸놀림으로 화살비를 피하는 걸 보기 무섭게 몸을 돌려 전력 질주했다.

특유의 빠른 눈치로 도주를 선택했던 것이다.

그런데 문제는 유하성이 그걸 지켜볼 마음이 없다는 점이었다.

빠각!

바닥에 잔뜩 있는 돌멩이 중 하나를 유하성은 발끝으로 가볍게 찼다.

그러나 결과는 결코 가볍지 않았다.

섬전처럼 날아간 작은 돌멩이는 정확하게 장년인의 오금을 강타했다.

"커헉!"

뼈가 아작 나는 소리와 함께 장년인이 기우뚱거리다가 엎어졌다.

근데도 장년인은 포기하지 않았다.

한쪽 다리를 사용할 수 없는 상태인데도 기어서 도망치려 했다.

"어딜!"

하지만 그는 얼마 가지 못했다.

중년의 표사가 득달같이 달려가 장년인을 덮쳐서는 능숙하게 포박했다.

"사, 살려 주십시오!"

"저희는 시키는 대로 했을 뿐입니다!"

"알고 있는 모든 걸 말씀드리겠습니다!"

장년인이 붙잡히자 산적들은 너 나 할 거 없이 무기들을 내팽개치며 바닥에 엎드렸다.

생사여탈권이 유하성에게 있다는 걸 알았기에 납작 엎드리며 목숨을 구걸했다.

"가, 감사합니다. 덕분에 살았습니다."

"아닙니다. 오히려 죄송합니다. 너무 늦게 찾아와서요."

"예?"

"안 그래도 대청표국으로 가던 중이었는데, 안내해 주시겠습니까?"

중년의 표사는 물론이고 나머지 네 명도 눈을 동그랗게 떴다.

이게 무슨 상황인가 싶어서였다.

하지만 고민은 짧았다.

목숨을 구원받은 마당에 고민은 필요 없었다.

"정말, 정말 무당산에서 오셨습니까?"

"예. 아실지 모르시겠지만 제 사부님의 도명이 명운입니다."

"아!"

유하성의 말에 가장 연장자인 중년의 표사가 탄성을 터트렸다.

전대 표국주의 삼남이 무당에 입산하며 받은 도명이 명운이라는 걸 기억해 낸 것이었다.

그래서인지 표사의 얼굴이 대번에 밝아졌다.

남이 아님을 확신한 것이었다.

"다행히 알고 계시는 모양이네요."

"제가 쟁자수에서 갓 삼급표사가 되었을 때 당시 국주님께 귀에 딱지가 앉도록 들었었습니다. 지금 표사들은 잘 모르겠지만요."

"다행이네요."

"모시겠습니다."

"근데 표행을 마무리 지어야 하지 않습니까?"

유하성의 시선이 나귀가 끌고 있는 작은 수레로 향했다.

자신이야 당장 대청표국에 찾아가고 싶지만 이들은 아니었다.

"그 부분은 걱정하지 않으셔도 됩니다. 복주로 복귀하면서 받은 운송 의뢰거든요."

"그렇습니까."

유하성이 다행이라는 표정을 지었다.

그러고는 여전히 머리를 조아리고 있는 산적들을 쳐다봤다.

대청표국으로 가는 문제를 해결했으니 이제는 산적들을 처리해야 했다.

"괜찮으시다면 저에게 처분을 맡겨 주시겠습니까? 막 떠오른 방법이 있습니다."

"그리하겠습니다."

어차피 죽이든지 데려가든지 선택지는 두 가지뿐이었다.

그렇기에 유하성은 순순히 고개를 끄덕였다.

"감사합니다. 그리고 다른 의미로도 감사하단 말씀을 드리고 싶습니다. 아직 저희를 잊지 않아 주셔서."

"오히려 제가 죄송합니다. 무당파를 대신해서, 사과드리겠습니다."

"아닙니다! 절대 그렇지 않습니다!"

정중히 허리를 숙이는 유하성의 모습에 중년의 표사가 손사래를 쳤다.

이런 사과를 받고자 한 말이 절대 아니어서였다.

오히려 그는 진심으로 고맙다고 생각하고 있었다.

만약 유하성이 나타나지 않았다면 표행이 실패한 건 물론이고 여기 있는 인원들 전부가 죽었을 게 분명했다.

"앞으로는 절대 잊지 않겠습니다. 약속드리겠습니다."

"그런 의미로 말씀드린 게 아닙니다."

중년의 표사는 물론이고 남아 있던 네 명도 마주 고개를 숙였다.

산적들을 순식간에 제압할 정도의 고수인 유하성이 스스로를 낮추자 다들 어쩔 줄을 몰라 했다.

그들이 표사이고 쟁자수라고 하나 무림에 한 발을 걸친 것 또한 사실이었다.

그리고 무림 혹은 강호라 불리는 세계에서 힘은 절대적인 가치이자 신분이었다.

"우선 산적들부터 처리하죠."

"예."

꿀꺽!

조금 전과는 완전히 뒤바뀐 입장에 산적들이 마른침을 삼켰다.

하지만 그들이 할 수 있는 것이라고는 얌전히 처분을 받아들이는 것밖에 없었다.

"이곳인가."

단출한 표행을 따라 복주에 들어선 유하성은 눈을 반짝였다.

사부에게 들었던 그 모습 그대로의 대청표국을 볼 수 있어서였다.

　과거의 위세를 잃었기에 고풍스럽다기보다는 허름한 느낌이 강했지만 그건 유하성에게 중요하지 않았다.

　앞으로의 대청표국은 달라질 것이니까.

　"곽 표사님!"

　"아니, 소국주님!"

제2장 제가 기억하겠습니다

    표행을 무사히 마치고 생각지도 못한 추가 수당까지 챙긴 곽두일은 싱글벙글한 얼굴로 복귀하다가 화들짝 놀랐다.

    대청표국의 정문에 소국주인 백현승이 서 있어서였다.

    그것도 문지기처럼 창을 들고 있는 모습에 곽두일이 황망히 몸을 날렸다.

    "왜 그렇게 놀라세요?"

    "소국주님이야말로 왜 여기에 계신 겁니까?"

    "누군가는 이 자리에 있어야 한다고 생각해서요."

    "다른 이들은 어디에 있습니까?"

    곽두일이 노한 얼굴로 물었다.

    표사들이나 쟁자수들이 앞에 있다면 가만두지 않겠다는

표정으로 말이다.

하지만 이제 겨우 십 대 초반으로 보이는 백현승은 고개를 저었다.

"제가 하겠다고 했어요. 다른 분들은 잘못 없어요."

"아무리 그래도……."

곽두일이 말을 채 잇지 못했다.

소국주인 백현승이 고집을 부리더라도 이건 아니었다.

아무리 대청표국이 휘청거린다고 하나 이런 일은 절대 있어선 안 되었다.

그렇다고 인원이 부족한 것도 아니었고.

"곽 표두님의 표정을 보아하니 이번 표행은 잘된 모양이네요."

"예. 중간에 약간의 문제가 있긴 했습니다만 무당파에서 오신 분 덕분에 큰 위기를 모면할 수 있었습니다."

"……무당파요?"

백현승이 두 눈을 껌뻑거렸다.

꿈에도 생각하지 못한 말에 당황한 것이었다.

그러나 놀란 것도 잠시, 백현승은 똘망똘망한 눈으로 표사들과 쟁자수들 사이에 있는 낯선 남자 한 명을 쳐다봤다.

어디에서나 흔하게 볼 수 있는 얼굴은 도사 같기도 했지만 강한 무공을 가진 무인답지는 않았다.

'게다가 도복도 아니고.'

나이는 어리지만 백현승은 무당파를 상징하는 도복이 청

색이라는 것은 알고 있었다.

하지만 남자는 어디서나 팔 것 같은 낡은 무복을 입고 있었다.

청색은 전혀 찾아볼 수 없는 검은색 무복을 말이다.

그래서 백현승은 고개를 갸웃거렸다.

"유 소협은 진산제자가 아닌 속가제자이십니다. 그래서 꼭 도복을 착용하실 필요는 없습니다. 또한 소국주님의 종조부님의 제자이십니다."

"아!"

미심쩍은 눈빛으로 유하성을 쳐다보던 백현승이 눈을 빛냈다.

속가제자라는 말은 쉽게 믿을 수 없었지만 종조부의 제자라면 얘기가 달랐다.

대청표국을 방문할 이유가 충분했기에 백현승은 자세를 바로하며 정중하게 포권을 했다.

"처음 뵙겠습니다. 대청표국의 백현승이라고 합니다."

"반갑구나."

"혹시 작은할아버지의 소식을 가져오신 건가요?"

"그래."

유하성의 대답에 백현승의 얼굴이 일순 어두워졌다.

눈치 빠른 아이답게 무언가를 느낀 모양이었다.

그러나 그 기색은 창졸간에 사라졌다.

"들어오세요. 할아버지께 안내해 드릴게요."

"안 그래도 곽 표사님께 부탁드렸었는데, 잘됐구나."

"근데 몸이 편찮으셔서 주무시고 계실 수도 있어요."

"그럼 기다리면 되지."

나이가 나이인 만큼 이제는 깨어 있는 시간보다 잠들어 있는 시간이 많았다.

그렇기에 백현승은 미리 언급해 두고는 앞장서서 유하성을 안내했다.

"이따 뵙겠습니다."

"알겠습니다."

표행을 완수했지만 아직 할 일이 남아 있었기에 곽두일은 공손히 인사한 후 일행을 인솔해서 어딘가로 이동했다.

그런 그를 잠시 지켜보던 유하성은 재빨리 백현승을 따라 걸음을 옮겼다.

'사람이 많지 않군.'

낡긴 했으나 대청표국의 규모는 상당히 큰 편이었다.

한때 복건성에서 손꼽히던 표국답게 커다란 목조건물들도 꽤 있었다.

하지만 기울어진 위상처럼 사람이 얼마 없었다.

그마저도 어리거나 나이 많은 이들이 대부분이었다.

"여기가 할아버지의 처소예요."

끼익.

구경하듯 찬찬히 주변을 살피며 걷던 유하성은 백현승의 말과 함께 아담한 전각 안으로 들어갔다.

그런데 문이 열리는 순간 짙은 약향이 느껴졌다.

"소국주님."

"할아버지께서는?"

"깨어 있으십니다."

"다행이네."

"그런데 저분은 누구신가요?"

시비로 보이는 노파가 유하성을 쳐다보며 조심스럽게 물었다.

외간 남자의 등장에 경계하는 것이었다.

그러나 이어진 백현승의 말에 시비는 조용히 물러났다.

"작은할아버지의 제자분이셔. 무당파의 제자시고."

"아."

"무당파에서 오신 손님이라고?"

백현승의 목소리를 들은 모양인지 안에서 가느다란 음성이 들려왔다.

잔뜩 목이 쉰 듯한 목소리였는데 금방이라도 끊어질 것 같은 느낌이었다.

"예. 할아버지. 작은할아버지의 제자분이 찾아오셨습니다."

"자운이의 제자라고?"

"네."

놀람이 가득한 음성에 유하성은 천천히 안으로 들어갔다.

이윽고 창가 옆에 놓인 침상에 병색이 완연한 노인이 누워 있는 게 유하성의 시야에 들어왔다.

놀라울 정도로 사부를 닮은 모습에 유하성은 순간 울컥했다.

얼마 전 떠나보낸 사부가 문득 떠올라서였다.

"미안하오. 내 몸이 성치 않아……."

"괜찮습니다. 그리고 말씀 편히 하십시오. 저의 사부님의 형님이시지 않습니까."

"그래도……."

힘없는 목소리였으나 그 안에는 단호함이 서려 있었다.

과거 대청표국이 잘나가던 시절의 표국주였었다고 하나 지금은 죽을 날만 기다리는 병약한 노인이었다.

게다가 실권은 없었어도 백자운은, 아니 명운은 무당파의 장로였다.

비록 기억하는 이가 하나 없어도 말이다.

그런 명운의 제자가 유하성이었고, 달리 말하면 현 무당파의 장문인과 장로들과 같은 배분이라는 얘기였다.

무림에서는 나이보다 더 중요한 게 배분이었기에 전대 표국주는 고개를 힘겹게 저었다.

"여기는 무당파가 아니지 않습니까."

"차차 고민해 보겠소이다."

"알겠습니다. 편하신 대로 하시지요."

유하성도 더 덧붙이지는 않았다.

싫다는데 억지로 강요할 생각은 없어서였다.

더욱이 침상에 누워 있는 노인은 죽은 사부의 형이었다.

그렇기에 유하성은 공손히 대답했다.

"자운이가 공자님을 내게 보냈다는 건……."

습기가 가득한 목소리로 노인이 운을 뗐다.

지금은 언제 죽을지 모르는 뒷방 늙은이가 되었지만 그는 한때 대청표국을 이끌던 수장이었다.

그리고 육체는 노쇠했을지 모르나 머리는 달랐다.

오히려 오랜 연륜으로 다져졌기에 노인은 적은 정보로 상당한 것들을 꿰뚫어 봤다.

"이걸 먼저 봐 주셨으면 합니다. 사부님께서 남기신 편지입니다."

"으음!"

대답 대신 품속에서 상당히 두꺼운 서찰을 꺼내는 유하성의 모습에 노인이 침음을 흘렸다.

동시에 백현승도 두 눈을 감았다.

본능적으로 저 서찰이 어떤 것인지 느낀 모양이었다.

그래서인지 노인은 섣불리 손을 뻗지 않았다.

"사부님께서도 꼭 읽어 주시기를 바라시진 않았습니다."

"주시구려. 셋째가 큰형에게 쓴 편지인데 당연히 읽어야지 않겠소."

"예."

결심한 듯한 표정으로 노인이 손을 내밀었다.

그런데 병세 때문인지 아니면 격해진 감정 때문인지 유하성을 향해 내민 손이 크게 떨렸다.

"할아버지."

"고맙구나."

그런 노인을 대신해 백현승이 나섰다.

부들부들 떨리는 노인의 손목을 붙잡아 거들어 주었던 것이다.

스윽.

손자의 도움으로 셋째가 남긴 편지를 받아 든 노인은 시비의 부축을 받아 천천히 몸을 일으켰다.

그러고는 앉은 자세로 한 차례 심호흡을 하고는 단단히 밀봉되어 있던 서찰을 뜯어 종이를 펼쳤다.

주르륵.

단단히 마음을 먹은 기색이었음에도 불구하고 노인은 얼마 가지 않아 눈물을 흘렸다.

절절한 감정이 담겨 있는 글자에, 그리고 처음부터 자신의 죽음을 말하고 있는 내용에 노인은 눈물을 참을 수가 없었다.

군이 오래 살고 싶다는 욕심이 없었음에도 불구하고 결국 마지막까지 살아남은 건 그였다.

게다가 자신과 형제들이 백자운을 잊지 않은 것처럼 명운 역시 그들을 잊지 않았다.

"크흡!"

다만 자신의 천명이 있기에 그리움을 켜켜이 가슴속에 쌓아 뒀을 뿐이었다.

그를 비롯해서 형제들과 마찬가지로 말이다.

대청표국이 이렇게 휘청거리고 있음에도 무당파에 강하게 지원 요청을 하지 않은 이유는 혹시라도 셋째에게 피해가 가지 않을까 싶어서였다.

무당파가 있는 호북성과는 거리가 상당하지만 내부적인 소식을 아예 모르는 건 아니었다.

'자운아, 자운아.'

무당파의 장로이되 장로 대접을 제대로 받지 못했던 게 바로 백자운이었다.

그러나 그 사실을 알고 있음에도 백자운은 서운해하거나 섭섭해하기는커녕 오히려 더욱 자신의 천명에 집중했다.

누군가는 무당파의 소실된 무공을 복원해야 한다면서 말이다.

몇몇 이들은 미련하고 어리석은 짓이라며 혀를 찼지만 적어도 그와 형제들은 백자운을 응원했다.

이번 생에 실패하더라도, 적어도 의미는 있을 거라고 말이다.

그런데 다행히 그의 셋째는 원하는 것을 이루고 죽은 모양이었다.

'네 모든 걸 이어받은 아이란 말이지.'

노인의 노안이 유하성에게로 향했다.

장로임에도 인정받지 못한 명운과 달리 유하성은 소실된 무공을 유일하게 알고 있는 제자였다.

속가제자인 건 중요치 않았다.

중요한 건 유하성이 소실되었던 무공을 완벽하게 계승하고 있다는 점이었다.

"괜찮으세요?"

"암. 괜찮고말고. 할아버지 나이쯤 되면 이별이 익숙해지거든. 더구나 이 할아비는 한때 표국주였지 않느냐. 이별과 죽음은 익숙하단다."

"……할아버지."

백현승의 얼굴 가득 걱정이 떠올랐다.

말은 저렇게 해도 눈물자국은 그대로였기 때문이다.

오히려 아무렇지도 않다는 듯이 말하는 게 더 가슴을 저릿하게 만들었다.

"정말 괜찮단다. 셋째 녀석이 나보다 먼저 간 게 괘씸하지만, 그래도 미련 없이 갔다고 하니 그걸로 되었다."

"사부님께서는 편히 눈감으셨습니다."

"말 편히 하겠네."

"예."

"마지막은 자네가 보내 주었는가?"

편지를 내려놓으며 노인이 물었다.

그러나 시선은 유하성에게 향해 있음에도 그의 눈동자에는 백자운이 떠올라 있었다.

유하성이 셋째 동생과 겹쳐 보였던 것이다.

실제로 분위기는 정말 많이 닮아 있었다.

"그렇습니다."

"고맙네. 정말, 고맙네."

"아닙니다. 당연히 제가 해야 할 일이었습니다. 사부님께서도 무당산에 묻히시길 바라셨고요. 물론 고민은 많이 하셨습니다."

"그랬겠지."

지금 노인의 손에 있는 편지는 단순한 편지가 아니었다.

글자들의 조합이 아니라 백자운의 일생과 감정이 모조리 다 담겨 있었다.

그렇기에 한낱 편지라고 그는 폄하할 수 없었다.

"그리고 사부님께서 틀리지 않으셨다는 걸 제가 증명할 생각입니다."

"고맙네."

"이것 역시 제자로서 당연히 해야 할 일입니다. 다만 사부님께서는 바라지 않으셨지만."

"나는 그래 주었으면 좋겠군."

노인의 눈빛이 강렬해졌다.

셋째가 하고 싶다기에 그는 말리지 않았다.

그 역시 누군가는 반드시 해야 할 일이라고 생각했으니까.

그래서 형편이 좋지 않은 지금까지도 일정 금액을 무당파에 후원하고 있었고.

하지만 이건 다른 문제였다.

백자운의, 명운 진인의 일생이 달려 있는 사안인 만큼 노인은 유하성과 같은 생각이었다.

"어르신과 국주님께서 허락하신다면 당분간은 이곳에 머물고 싶습니다."

"이곳에?"

"예. 무당파를 대신해서, 아니 사부님을 대신해서 대청표국에 보답하고 싶습니다. 그리고 알려 주고 싶습니다. 무당파는 잊었어도 적어도 저는 기억하고 있고, 앞으로도 대청표국을 기억할 거라고요."

부르르르!

노인은 물론이고 백현승과 나이 많은 시비 역시 몸을 떨었다.

고저 없는 한마디였지만, 무당파의 장문인은커녕 일개 속가제자의 말이었지만 이상하게 가슴에 파문이 일었다.

그래서인지 세 사람의 눈시울이 붉어졌다.

"물론 원치 않으신다면…….''

"얼마든지 머무르게. 다른 무당파의 제자도 마찬가지지만 자네는 더 특별하네. 자운이의 하나뿐인 제자이니까."

"감사합니다."

"콜록콜록!"

말을 도중에 끊을 정도로 다급하게 입을 열던 노인이 갑자기 기침을 했다.

그런데 그 기침이 심상치 않았다.

금방이라도 숨이 넘어갈 것처럼 기침을 하자 시비가 서둘러 물과 함께 약을 가져왔다.

이런 상황이 익숙한 듯 당황하지 않고 곧바로 대처했던 것이다.

"어?"

하지만 시비보다 먼저 움직인 사람이 있었다.

그녀가 미지근한 물과 약을 챙기기 전에 유하성이 노인의 손을 붙잡았다.

그러자 놀라운 일이 벌어졌다.

격렬하게 기침을 하던 노인이 금세 새근거리며 잠이 들었던 것이다.

"수혈을 짚었습니다. 최근에 숙면을 취하지 못하신 것 같아서요.”

“의술도 아시나요?”

“누가 보더라도 수면이 부족한 모습이지 않습니까.”

“아.”

시비가 머쓱한 표정을 지었다.

병약한 얼굴도 얼굴이지만 눈 밑이 검은 것만 봐도 수면 부족임을 알 수 있었다.

그렇기에 시비는 민망한 표정을 지었다.

“유 공자님. 국주님께서 찾으십니다.”

시기적절하게 문이 열리며 하인 한 명이 들어왔다.

곽두일에게 무슨 말을 전해 들은 모양인지 하인은 온몸으로 공손함을 드러내고 있었다.

“알겠습니다.”

“모시겠습니다.”

백현승은 내심 같이 가고 싶었으나 그걸 입 밖에 꺼내지는 않았다.

어른들의 대화에 자신이 끼어서는 안 된다고 생각해서였다.

자신이 소국주라 불리기는 하지만 아직 대청표국의 대소사를 논할 정도는 아니었다.

“이따 뵙겠습니다.”

“그래.”

대신 넉살 좋게 웃으며 유하성을 배웅했다.

그 모습에 유하성 역시 씨익 웃으며 고개를 주억거린 후 하인을 따라 조용히 처소를 나섰다.

또르륵.

표국주의 집무실이라고 하기에는 상당히 단출해 보이는 집무실을 유하성은 찬찬히 구경했다.

위세가 기울어 단출해졌다기보다는 처음부터 소박하게 갖추어져 있는 느낌이었다.

딱 필요한 것들로만 채워져 있는 듯한 집무실의 풍경을 보고 있을 때 노인과 백현승을 상당히 닮은 중년인이 차호에 따뜻한 물을 부어 찻잎을 우려내고는 유하성의 잔에 따라 주었다.

"감사합니다."

"별말씀을. 오히려 감사해야 하는 건 저희입니다. 이렇게 먼 곳까지 찾아와 주셨으니."

"제가 무당을 대표할 수는 없지만, 죄송합니다."

"아닙니다. 그런 의미로 말씀드린 게 아닙니다. 정말 감사해서 꺼낸 말입니다. 사실 모두가 믿고 있지 않았거든요. 알고 있는 이들은 많이 떠나기도 했고. 아마 저희 일가를 제외

하면 작은아버지에 대해서 곽 표사 정도만이 알고 있을 겁니다."

대청표국의 국주인 백기륭이 씁쓸한 표정을 지었다.

그가 소국주였던 시절에 비하면 지금은 거의 망한 것이나 다름없는 수준이었다.

그래서 그는 이 모든 게 자신의 부족함 때문이라고 생각했다.

외부적인 요인도 있었지만 결과적으로는 자신이 부족한 게 맞았다.

"본산에 꾸준히 후원을 하고 계신다고 들었습니다."

"예. 저희의 뿌리는 무당파이니까요. 처음 표국을 세우신 선조 역시 무당파의 속가제자셨습니다. 그리고 최근이라고 하기에는 세월이 좀 흘렀지만 작은아버지께서 진산제자로 계셨고요. 그렇기에 비록 적은 금액이지만 후원은 계속하고 있었습니다."

백기륭이 살짝 민망한 표정을 지었다.

후원금을 보내고는 있지만 과거에 비하면 그 금액이 현저히 적어서였다.

물론 형편이 좋지 않은 상황이기에 어쩔 수 없이 점차 줄여 나갈 수밖에 없었다.

하지만 그럼에도 백기륭은 죄송스러운 심정이었다.

"말은 꺼내 보셨습니까?"

"그게, 음."

에둘러 물었지만 그 뜻은 정확히 백기륭에게 전달되었다.

그런데 유하성의 물음에 백기륭이 복잡한 표정을 지었다.

하지만 그는 독촉하지 않았다.

충분히 생각을 정리할 수 있도록 기다려 주었다.

"솔직히 말씀드리면 다른 이들도 많이 말했습니다. 작은 아버지가 무당파의 장로로 계신데 어찌해서 지원 요청을 하지 않느냐고 말이지요."

"저도 사실 그게 의문이었습니다. 비록 사부님께서 본산에서 큰 영향력을 지니지는 않았지만 그래도 장로이시니까요."

유하성의 뇌리로 거짓 존경과 무시를 보내던 무당파의 제자들이 떠올랐다.

같은 제자이고 배분도 한참이나 낮았음에도 그들은 사부의 연구를 쓸모없는 짓이라고 생각했다.

불확실한 일에 미련하게 매달린다고 말이다.

그러나 만약 명운이 자신의 직위를 제대로 이용했다면 대청표국을 도와주는 건 어렵지 않았을 터였다.

'그저 그러지 않으셨을 뿐.'

애초에 협잡질과 정치와는 거리가 먼 성격의 사부였다.

그렇기에 오직 소실된 무공의 복원에만 매달린 것일지도 몰랐다.

"하지만 아버지의 말씀은 한결같았습니다. 우리가 당면한 문제는 우리가 해결해야 한다고. 작은아버지께 최대한 폐를 끼쳐서는 안 된다고 말이지요. 이미 무당파란 후광을 입고 있는 만큼 욕심을 부려서는 안 된다고 말씀하셨습니다. 한 번이 두 번이 되고 두 번이 세 번이 될 수 있다고 말씀하셨지요."

"대단하시네요."

유하성이 진심으로 감탄했다.

자기 잇속만 챙기기 바쁜 이들이 수두룩한 세상에서 저런 생각을 품기가 얼마나 어려운지 잘 알았기에 유하성은 진심으로 놀란 표정을 지었다.

심지어 전대 표국주는 도인이나 승려도 아니고 표국을 운영하는 수장이었다.

그렇기에 유하성은 더더욱 놀랐다.

"하하. 사실 저는 그때 좀 아버지를 이해하기가 힘들었습니다. 제가 세속적이라서 그런지 사용할 수 있는 패는 모두 다 사용하는 게 맞다고 생각했거든요. 하지만 그렇다고 해서 그 당시 아버지의 결정이 잘못되었다고는 생각하지 않습니다. 근본적인 문제는 저에게 있다고 생각하고요."

"지금의 상황이 계획된 것 같습니다만."

"음모랄 것도 없습니다. 능력이 부족하면 도태되는 게 당연한 것이니까요. 그저 경쟁자에게 진 것뿐이지요."

백기룡의 눈동자에 씁쓸한 기색이 서렸다.

하지만 그건 찰졸간에 사라졌다.

상황이 안 좋은 건 맞지만 그렇다고 이대로 포기할 생각은 없었다.

어떻게든 악착같이 버티고 버텨서 다시 과거의 위상을 되찾을 작정이었다.

"제가 도와드리겠습니다."

"예?"

"물론 한순간에 확 달라지지는 않겠지만 그래도 없는 것보다는 나을 겁니다."

"감사합니다."

백기룡이 고개를 숙였다.

말만이라도 고마워서였다.

솔직히 표사 한 명이 아쉬운 상황이기도 했고.

그러나 엄청나게 기대하지는 않았다.

'상당한 고수라고 했던가.'

후르릅.

식어 버린 차를 들이켜며 백기룡은 곽두일의 말을 떠올렸다.

볼품없는 복장과 달리 대청표국의 유일한 일급표사이자 표두 업무를 대행하고 있는 곽두일이 입에 침이 마르도록 칭찬을 했다.

자신의 수준으로는 감히 가늠할 수 없는 고수가 유하성이라고 말이다.

하지만 겉으로 보기에는 곽두일의 말처럼 그렇게 대단한 무인처럼 보이지 않았다.

'반박귀진의 경지라고 하기에는 나이가 너무 어리고. 물론 천재들은 나이와 범인의 기준을 가볍게 뛰어넘는다고 하나 냉정하게 말해 그 정도로 보이지는 않아.'

고마운 건 고마운 것이었고 현실은 현실이었다.

그렇기에 백기룡은 냉정하게 생각했다.

도와주겠다는 마음은 너무나 고마웠지만 실질적으로 대청표국에 크게 도움이 될 것 같지는 않았다.

만약 곽두일의 말대로 유하성이 대단한 고수라면 무당파에서 홀로 보내지는 않았을 터였다.

더불어 무당파를 상징하는 푸른색 도복을 입지 않고 있다는 사실도 마음에 걸렸다.

속가제자가 익히는 무공들이 어떤 건지 뻔히 알기도 했고.

'일단은 손님이니까. 그것도 작은아버지의 제자이기도 하고.'

아직 부친이 받은 편지의 내용에 대해 전혀 알지 못했기에 백기룡은 보통의 속가제자 수준이라고 생각했다.

배분은 현 무당파의 장문인과 같지만 숙부도 그렇고 유하성도 비주류에 가까웠다.

따로 지원받은 것 역시 없는 것으로 알기에 구대문파의 속가제자 정도일 것이라고 예상했다.

산적들의 숫자가 꽤 되었다고 하나 중원에서 변방으로 취급받는 곳이 복건성인 만큼 수준은 녹림십팔채와 감히 비교할 정도가 안 되었다.

'사실 이 정도만 해도 우리로서는 감지덕지이지만.'

언제 망해도 이상하지 않은 게 현재의 대청표국이었다.

한때는 복건성에서 제일 잘나가는 표국이었지만 지금은 줄을 세워 놓으면 말석이었다.

게다가 한 명이라도 무당파의 제자가 그들을 잊지 않았다는 게 중요했다.

"제가 먼 길을 오신 손님을 너무 오랫동안 붙잡고 있었던 것 같습니다. 우선은 머무실 처소로 안내해 드리겠습니다. 일단 여독을 풀고 난 다음에 마저 대화를 하죠."

"예."

혼자만의 생각이 너무 길었음을 뒤늦게 자각한 백기룡이 퍼뜩 정신을 차리며 말했다.

자신이 궁금하다고 막 도착한 손님을 너무 오랫동안 붙잡고 있었던 것 같아서였다.

서른이면 한창 젊은 나이지만 그래도 예의라는 게 있었다.

더욱이 여기 대청표국은 유하성에게도 특별할 것이기에 백기룡은 먼저 자리에서 일어나 직접 후원으로 안내했다.

쏴아아아. 쏴아아아.

이른 새벽에 대청표국을 나온 유하성은 낯선 소리가 들려오는 곳으로 발걸음을 옮겼다.

난생처음 듣는 소리였으나 유하성은 본능적으로 알았다.

지금 귀에 들려오는 소리가 바다에서만 들을 수 있는 파도 소리임을 말이다.

"진짜 넓네."

바다 안개를 가르며 해변에 도착한 유하성이 눈을 빛냈다.

서서히 떠오르는 태양 빛과 함께 바다 안개가 흩어지는 광경은 장관이었다.

특히 탁 트인 전경이 그의 가슴을 더없이 시원하게 만들어주었다.

"어렸을 적에 이 광경을 거의 매일 보셨다고 하셨었지."

바다를 보는 건 처음이었지만 설명은 수도 없이 들었었다.

늘 사부와 단둘이서 생활했기에 복주에서의 생활 역시 자주 들었던 것이다.

그리고 그때의 사부가 지었던 표정 역시 지금도 선명하게 기억이 났다.

"이 풍경은 예전에도 똑같았겠죠."

수십 년의 세월이 지났지만 그럼에도 바다의 모습은 똑같앉을 것이었다.

수백 년 동안 변하지 않는 무당산처럼 말이다.

그래서 유하성은 지금 보이는 바다가 좋았다.

과거 사부가 보던 풍경을 지금 자신이 볼 수 있으니까.

스윽.

한동안 멍하니 고요한 바다를 응시하던 유하성이 오른손을 들었다.

동시에 어제 죽인 산적들이 떠올랐다.

주먹에 피가 닿지는 않았으나 이 손으로 산적들을 죽인 건 분명했다.

그러나 후회하지는 않았다.

'생명의 무게는 똑같으니까.'

사부와 함께 무당산에서 생활할 때 유하성은 사냥도 제법 했었다.

성장기에는 고기를 먹어야 한다고 해서 토끼며 꿩은 물론이고 멧돼지도 구워 먹었다.

육체적 성장이 다 끝난 뒤에는 화식을 가급적 금하고 벽곡단을 먹었지만 그 전까지는 직접 짐승을 사냥하고 목숨을 끊어서 잡아먹었었다.

유하성은 산적을 죽인 것도 이와 비슷하다고 생각했다.

'살의를 마주하고 할 수 있는 선택지는 두 가지뿐이지. 죽거나 죽이거나. 사람을 아무렇지 않게 죽이는 것들은 사람이

아니라 살인귀일 뿐이지.'

괜히 인면수심이라는 말이 있는 게 아니었다.

물론 이와 같은 생각도 첫 살인이기에 드는 것일지도 몰랐다.

하지만 이마저도 유하성은 경험이고 한 번쯤은 짚고 넘어가야 하는 부분이라고 생각했다.

사실 크게 의미를 두지도 않았고.

무공을 익힌 순간 언젠가는 벌어질 일이었다.

처음 사부를 만나고, 무당의 제자가 되었을 때부터 생각한 부분이기도 했다.

끼룩!

잔잔한 파도 소리만 들려오던 해변에 새가 우는 소리가 울려 퍼졌다.

동시에 유하성도 상념에서 빠져나왔다.

생각할 가치도 없는 산적들을 너무 오랫동안 떠올린 것 같아서였다.

"우선적으로 해야 할 일은 대청표국이 제자리를 찾게 도와주는 건데."

제3장 받은 것 이상 갚아 주는 게 도리인 법

유하성은 팔짱을 꼈다.

죽기 직전에 그에게 편지를 부탁한 건 단순히 자신의 소식을 전하기 위해서가 아니었다.

사부는 그가 더 넓은 세상을 보기를 원했을 터였다.

무당산은 분명 크고 넓지만 세상의 일부분일 뿐이었다.

그렇기에 명운은 유하성이 중원은 물론이고 그 너머의 넓은 세상을 봤으면 싶었을 터였다.

"혼자서 이룰 수 있는 건 분명 한계가 있으니까."

우물 안 개구리라는 말이 괜히 있는 게 아니었다.

갇혀 있어서는, 혼자서는 얻을 수 있는 게 한계가 있을 수밖에 없었다.

넓은 세상을 돌아다니며 많은 걸 보고 배우는 것도 중요했다.

그래서 편지를 핑계 삼아 하산시킨 게 분명했다.

"이미 자극을 많이 받고 있기도 하고."

드넓은 바다는 마치 또 다른 세상처럼 보였다.

장엄한 동시에 두려움을 불러일으킨다고나 할까.

지금 보이는 모습은 평화롭기 그지없었으나 태풍이나 폭풍이 오면 지금과는 전혀 다른 모습을 보여 줄 터였다.

그러한 자연의 변화를 유하성은 무당산에서도 봤었다.

"일단 가장 시급한 문제부터 해결해 보도록 할까. 주변의 문제들은 차차 정보를 수집하며 해결해도 되니까."

스윽.

지그시 바다를 응시하던 유하성이 몸을 돌렸다.

여독은 충분히 풀었으니 이제는 일을 할 시간이었다.

정확하게는 은혜를 갚아야 할 시간이 왔다.

물론 하늘에 계신 사부는 원치 않을지 모르나 유하성은 하고 싶었다.

은혜를 갚는 데 이유는 없었다.

하물며 짐승도 은혜를 갚을 줄 알았다.

꼭두새벽에 산책을 나갔다 돌아오니 다들 분주히 움직이

고 있었다.

의뢰가 없는 걸로 알고 있는데 모든 이들이 각자 맡은 일을 하느라 정신이 없었다.

유하성은 그런 이들을 찬찬히 둘러봤다.

표사들이야 어제 전부 다 살펴봤기에 유하성은 쟁자수들과 나이 어린 하인들, 그리고 일꾼들을 주로 살펴봤다.

'흐음.'

그러나 어제 대략적으로 훑어본 것과 크게 다르지 않았다.

진흙 속의 진주를 찾으려 했지만 역시 진주는 아무 곳에나 있지 않다는 사실만 재차 확인했다.

"훅! 훅! 훅!"

조용히 대청표국을 둘러보던 유하성은 이내 조그마한 연무장에 도착했다.

개인 연무장인지 사용하는 이는 백현승 하나뿐이었다.

그런데 백현승은 혼자임에도 제법 열심히 훈련했다.

하지만 달리 말하면 최선을 다하는 것처럼 보이지는 않았다.

"오, 오셨어요?"

"방해했다면 미안."

"아니에요. 늘 하던 수련을 하는 것뿐인데요. 안 그래도 잠깐 쉬려고 했어요."

"태청검법에 기반을 둔 무공 같은데."

"맞아요. 초대 국주님께서 태청검법의 전반부를 재해석해서 완성하셨다고 들었어요. 제가 익히는 무공은 물론이고 대청표국의 표사들이 익히는 무공들도요. 물론 엄청난 수준은 아니지만요."

백현승의 목소리가 점점 작아졌다.

분명 표국의 근간이 되는 무공들이 있는 건 대단한 일이었다.

웬만한 표국은 이렇게 체계적이고 일관된 무공들을 가지고 있지 못했다.

다만 문제는 각 무공들의 수준이었다.

"지금의 상황이 무공 때문이라고 생각해?"

"아뇨. 하지만 어느 정도는 영향이 있다고 생각해요."

백현승이 고개를 저었다.

대청표국이 잘나가던 때에도 무공은 지금과 똑같았다.

조금씩 개량을 하고 있기는 하지만 그 차이가 엄청나지는 않았다.

그러니 무공 때문이라고는 할 수 없었지만 백현승은 지금 익히고 있는 무공이 좀 더 뛰어났다면 이렇게 순식간에 가업이 몰락하지는 않았을 거라고 생각했다.

"사람이 문제라고는 생각하지 않아?"

"그것도 한 부분을 차지한다고 생각해요."

다행히 철이 없지만은 않은지 백현승이 고개를 숙였다.

자신의 재능이 특별하지 않음을 스스로도 잘 알고 있는 모양이었다.

그런데 그 모습이 유하성은 마음에 들지 않았다.

"스스로가 재능이 없다고 생각하지?"

"……예. 운이 좋은 건지 나쁜 건지 천재를 본 적이 있거든요. 아예 다르더라고요. 배우는 속도도, 습득하는 속도도. 보는 게 달라서 그런 건지 생각하는 게 달라서 그런 건지."

백현승이 침울한 표정으로 입을 열었다.

그런 백현승의 음성에는 부러움이 가득했다.

자신이 가지지 못한 걸 가지고 있는 것에 대한 부러움 말이다.

"맞아. 세상에는 참 많은 천재들이 존재하지. 나 역시 많이 봤고."

"무당산에는 어마어마하게 모이겠죠?"

"맞아."

"어후."

백현승이 고개를 절레절레 저었다.

생각하는 것만으로도 가슴이 막막했다.

중원 전역에서 난다 긴다 하는 수재와 천재 들이 모일 거라 생각하니 자신이 더욱더 비참하게 느껴졌다.

아무것도 모르는 어렸을 적에는 자신도 나름 재능이 있다고 생각했지만 지금은 달랐다.

'하늘 위에 하늘이 있다는 어른들의 말이 틀리지 않았어.'

점점 몰락해 가는 대청표국과 달리 경쟁자였던 군호표국은 어느새 복건제일표국이라 불릴 정도로 승승장구하고 있었다.

또한 군호표국의 소국주는 백현승과 비슷한 나이였지만 이미 무공의 천재로 복건성 전역에 이름을 날리는 중이었다.

처음으로 스스로에게 재능이 없다는 걸 느끼게 만들어 준 이이기도 했고 말이다.

그래서 지금의 몰락이 자신 때문은 아닐까 하는 생각도 들었다.

우득.

"이기고 싶은 모양이구나."

"하지만 저도 알아요. 뛰어넘기가 힘들다는 것을요. 무공은 수준도 중요하지만 누가 익히느냐에 따라 위력이 천지차이라고 하잖아요."

"그러니 평생 따라잡지 못할 것이다?"

"……예."

잔뜩 기죽은 목소리로 백현승이 대답했다.

마치 땅으로 쭉쭉 꺼지는 듯한 분위기를 물씬 풍기면서 말이다.

"그렇게 생각하니까 따라잡지 못하는 건 아닐까?"

"냉정하게 생각해 보면 그게 맞는걸요."

"네 말이 맞을 수도 있지. 재능의 차이가 압도적일 수도 있으니까."

"그러니까요."

"하지만 아직 결과는 나오지 않았어. 또한 누구도 마지막 결과가 어떻게 나올지 알 수 없지. 그저 모두가 예상할 뿐이지."

백현승이 두 눈을 껌뻑거렸다.

이게 무슨 말인가 싶어서였다.

언뜻 듣기에는 말장난과도 같았다.

"재능의 차이는 분명히 있어. 그리고 세상에는 별의별 천재들이 수두룩하지. 그런데 천재들이라고 해서 너와 다를까?"

"에?"

"그들이라고 해서 벽을 느낀 적이 없을까? 이런 생각 안 해 봤어?"

다시 한번 백현승이 눈을 껌뻑거렸다.

그런데 좀 전과는 느낌이 달랐다.

"어, 느껴 보지 않았을까요? 제가 천재가 아니라서 잘은 모르겠지만요."

"보면 알겠지만 나도 너와 같았어. 재능이 특출난 쪽은 절대 아니었지."

"음."

백현승이 눈치를 살폈다.

확실히 눈앞에 있는 유하성은 그가 봐도 대단한 고수처럼 보이지는 않았다.

입고 있는 무복도 낡았고, 풍기는 분위기 역시 고수하고는 거리가 멀었다.

곽두일이 상당한 고수라고 했지만 적어도 백현승의 눈에는 그렇게 강자다운 면모가 보이지는 않았다.

"하지만 난 이렇게 생각했어. 부러워하고 시기해 봤자 달라지는 것은 없다고. 그러니 내가 할 수 있는 걸 하자고 말이야. 물론 제대로 걷지도 못하는데 날기를 바라는 건 헛된 바람이지. 그래서 당장 내가 할 수 있는 것부터 시작하자고 마음먹었어. 그리고 하나를 더 생각했지."

"그게 뭐예요?"

"시간 낭비하지 말자고. 재능이니 뭐니 부러워할 동안에도 시간은 흐르고 있어. 차라리 그 시간을 나를 위해, 내 미래를 위해 쓰는 게 더 낫지 않을까?"

"헉."

차마 거기까지는 생각하지 못했다는 듯이 백현승이 크게 놀란 표정을 지었다.

설마하니 그렇게까지 생각할 줄은 몰라서였다.

하지만 그렇다고 유하성의 말을 십분 이해할 수 있는 건 아니었다.

그러나 유하성의 말은 다 끝나지 않았다.

"지금 무의미하다고 생각했지?"

"귀신같네요."

"나도 너와 같았다고 했잖아. 나 역시 재능이 뛰어난 편은 아니었으니까. 그런데 이렇게라도 하지 않으면 조금이라도 뛰어넘을 가능성이 있을 거 같아?"

"……없겠죠."

"그럼 계속 포기하고 살 거야? 나는 재능이 부족해서 어쩔 수 없어. 그러니 이렇게 살 수밖에. 내 인생은 여기까지야. 이렇게 말하면서?"

이어지는 유하성의 말에 백현승이 울컥한 표정을 지었다.

아니라고 말하고 싶지만 그 말이 쉽게 나오지는 않았다.

유하성의 말이 틀리지 않았다는 걸 그도 알고 있었다.

노력? 좋은 말이었다.

하지만 죽어라 노력한다고 해서 따라잡을 수 있다는 보장은 어디에도 없었다.

오히려 기를 쓰고 노력했음에도 좁혀지지 않는 간격에 더 절망할 가능성이 훨씬 컸다.

"무슨 말씀을 하시려는지는 알겠어요. 하지만……."

"미래가 뻔하다?"

"……예."

들었던 고개를 다시 숙이며 백현승이 힘겹게 대답했다.

누가 봐도 짙은 좌절감에 빠진 모습이었다.

동시에 아까 전 왜 그런 모습으로 수련했는지 이해가 갔다.

미래는 뻔히 보이고, 포기할 수는 없으니 어쩔 수 없이 수련한 것일 터였다.

"두 가지. 앞으로 두 가지를 너에게 보여 주마."

"그게 무슨 말씀이세요?"

"아무래도 말보다는 직접 보여 주는 게 나을 것 같아서. 백문이 불여일견이라는 말도 있으니까."

"위험한 일은 하시면 안 돼요."

"어린게 눈치는 빨라서."

유하성이 피식 웃으며 머리를 쓰다듬었다.

그러자 백현승이 슬그머니 머리를 뒤로 뺐다.

차마 손님이자 종조부의 제자인 유하성의 손을 뿌리칠 수 없기에 대신 자신의 머리를 뺀 것이다.

"여기는 진짜 조심하셔야 해요. 해적들도 심심찮게 나타나는 곳이 복주예요."

"걱정해 줘서 고맙지만 네가 염려하는 일은 벌어지지 않을 거다."

"근데 형님은 어떤 무공을 배우셨어요? 아, 형님이란 호칭은 좀 그런가요? 그럼 공자님이라 불러 드릴까요?"

"형님이라고 해. 삼촌보다는 낫지. 나이 차이도 있는데.

그리고 내가 사부님께 배운 건 태극권밖에 없어."

"예에?!"

백현승의 두 눈이 화등잔만 하게 커졌다.

얼굴 가득 믿을 수 없다는 표정을 지었던 것이다.

하지만 이건 사실이었다.

유하성이 사부에게서 배운 건 태극권밖에 없었다.

"그러니까 곧 보여 줄게. 네게 보여 주겠다고 한두 가지 중 하나가 바로 무공이니까."

여전히 놀란 표정을 수습하지 못하는 백현승을 향해 씨익 웃어 보인 유하성이 몸을 돌렸다.

이왕 이렇게 된 것 계획한 것보다 빨리 처리할 작정이었다.

원래는 내일부터 느긋하게 하나씩 할 생각이었는데 백현 승과의 대화로 마음을 바꿨다.

"어, 어디 가세요?"

"말했잖아. 보여 준다고. 그러니 기다리고 있어."

"어어?!"

백현승의 두 눈이 다시 한번 커졌다.

방금 전까지만 해도 조금 앞에 있던 유하성이 한순간에 감 쪽같이 사라져서였다.

그래서 백현승은 대경한 표정으로 주변을 두리번거렸다.

하지만 어디에서도 유하성의 모습은 보이지 않았다.

휘이익! 휘익!

유하성의 신형이 산속을 갈랐다.

태어나서 처음 온 복주 인근의 숲이지만 유하성의 움직임에는 망설임이 없었다.

수풀이 제법 우거졌다고 하나 무당산에 비하면 아무것도 아니었다.

게다가 어려서부터 홀로 자라 왔기에 길눈은 다른 이들에 비해 밝은 편이었다.

"이쪽이라고 들었는데 말이지."

쉬지 않고 달려온 유하성이 가장 높게 솟은 나무의 꼭대기로 올라가 주변을 천천히 둘러봤다.

중천에 떠 있는 해 덕분에 시야 확보는 어렵지 않았다.

그러나 유하성은 시야보다는 기감에 집중했다.

수목이 우거져 있었기에 단순히 시각만으로는 숨어 있는 산적들을 찾기가 쉽지 않으리라고 생각해서였다.

"찾았다."

유하성이 씨익 웃었다.

산채는 지형적으로 숨어 있기에 용이해야 하지만 반대로 표국과 상단 들이 자주 움직이는 길목에 자리 잡아야 했다.

그렇기에 작심하고 찾는다면 못 찾을 수가 없었다.

다만 관부가 찾지 않는 데에는 여러 가지 복합적인 이유가 있었다.

스슥!

하지만 유하성은 그런 이유들에 대해서는 굳이 알고 싶지 않았다.

정확하게는 알 필요가 없었다.

지금 그에게 중요한 건 대청표국의 표행을 방해한 산적들이었다.

강탈해 간 표물이 있다면 겸사겸사 되찾아야 했고.

"아, 어떻게 지나가는 장돌뱅이 하나 없냐?"

"그러게. 오늘도 허탕인 것 같은데."

"이런 날에는 그냥 계집 하나 옆에 끼고 조몰락거리면서 술 한잔 마시는 게 최고인데."

"그 말 하니까 춘앵이가 생각나네."

"너도 참 쓸데없이 일편단심이다. 백화루에 춘앵이보다 예쁜 기녀가 적어도 서른 명은 넘을 텐데."

산을 지나가는 길 중 가장 넓고 평탄한 길을 내려다보며 두 명의 산적이 키득거렸다.

음담패설이 한두 번이 아닌 듯 너무나 자연스럽게 주고받으면서 말이다.

"근데 난 춘앵이랑 할 때가 제일 좋더라고."

"뭐, 속궁합이란 것도 있으니까. 근데 난 새로운 여자가 늘 좋더라고. 처음 본 여자가 제일 예뻐."

"인정. 그나저나 요즘 들어 상단이고 표국이고 좀처럼 보이지가 않네. 너무 일이 없으면 안 되는데. 수입이 좀 있어야 술도 마시고, 입에 기름칠도 하고, 오입질도 할 텐데."

"죄다 두령이 받아먹어서 그렇지. 여기는 이래서 안 되고, 저기는 저래서 안 되고."

두 명 중 비쩍 마른 산적이 툴툴거렸다.

오만 가지 이유를 대며 건들지 말라고 하니 당연히 일은 줄어들 수밖에 없었다.

하지만 말라 가는 그들의 주머니 사정과 달리 두령의 비밀 금고에는 돈이 쌓여 가고 있음을 모두가 알고 있었다.

"내 말이 바로 그 말이야."

"먹을 거면 좀 나눠 주든가! 그것도 아니면서 만날 주야장천 일이 없다고 개지랄을 떨어 대니!"

"그 말, 자세히 듣고 싶은데."

흠칫!

그동안 쌓인 게 적지 않다는 듯이 울분을 토해 내던 산적의 얼굴이 삽시간에 굳었다.

그리고 그건 옆에서 사위를 살피던 다른 산적 역시 마찬가지였다.

흉터투성이의 험상궂은 얼굴과 달리 우락부락한 체격의 산적은 등 뒤에서 들려오는 무미건조한 목소리에 마른침을 삼켰다.

스윽.

하지만 놀람은 잠시뿐이었다.

두 사람은 고개는 미동도 하지 않은 채로 눈빛을 빠르게 교환하고는 그대로 몸을 회전시켰다.

그와 동시에 허리에 있던 박도를 벼락같이 뽑으면서 휘둘렀다.

발도술을 펼치듯 낯선 목소리가 들려온 곳을 향해 거칠게 박도를 내질렀다.

부우웅!

그러나 두 명이 휘두른 박도는 빈 허공만 갈랐다.

반사적으로 박도를 휘둘렀음에도 어느 것 하나 걸리지 않았던 것이다.

대신 박도를 쥐고 있는 손아귀에서 끔찍한 고통이 느껴졌다.

빠각!

"억!"

"크헉!"

뼈가 부러지는 듯한 소리와 함께 두 자루의 박도가 허망하게 땅바닥으로 떨어졌다.

숙련된 검객이나 도객은 절대 자신의 병기를 손에서 놓지 않지만 여기 있는 산적들은 그에 해당하지 않았다.

고통이 느껴지기 무섭게 반사적으로 무기를 내동댕이쳤다.

"인사가 칼질이라. 산적답네."

"사, 살려 주십시오!"

박도를 놓치기 무섭게 두 산적은 대뜸 오체투지부터 했다.

실력은 없어도 눈치는 있었기에 자신들이 어찌할 수 없는 고수라는 걸 알아차린 것이었다.

"왜 단번에 죽이지 않았는지 이유를 알 거라고 생각하는데."

"마, 말씀만! 아니, 하명만 하십시오! 뭐든지 다 말하겠습니다!"

"너희 산채."

"안내하겠습니다!"

유하성의 눈매가 꿈틀거렸다.

말이 끝나기도 전에 안내하겠다고 하자 의아했던 것이다.

그런데 그 순간을 노리고 산적 하나가 개구리처럼 도약하듯 몸을 튕겼다.

일부러 방심을 유도하고서 기습한 것이었다.

툭.

다만 문제는 둘의 수준 차이였다.

유하성이 어중간한 수준이었다면 이번 기습은 매우 효과적이었겠지만 안타깝게도 둘 사이의 격차는 하늘과 땅만큼

넓었다.

제 딴에는 완벽한 순간을 노린 기습이라고 생각하겠지만 유하성에게는 너무나 느렸다.

그래서 정확히 흉부로 파고드는 단검을 손가락으로 가볍게 밀었다.

"어, 어?!"

조금도 당황하지 않고 느릿하게 뻗어 오는 손가락에 단검의 궤적이 비틀어지자 산적의 두 눈에 황당함이 떠올랐다.

완벽한 기습이 너무나 쉽게 실패하자 당혹스러워하는 것이었다.

그러나 그 생각은 더 이상 이어지지 못했다.

푹.

단검의 검신을 밀어 낸 검지의 끝이 방향을 틀어 산적의 미간에 박혔다.

마치 두부를 누르듯이 너무나 부드럽게 미간을 파고들어 간 손가락은 피 한 방울 묻지 않은 채로 다시 밖으로 나왔다.

털썩!

대신 구멍 뚫린 미간에서 피가 콸콸콸 쏟아졌다.

눈조차 감지 못한 채로 즉사한 동료의 모습에 뒤따라 기습하려 했던 산적이 몸을 떨었다.

덩치에 어울리지 않게 잔뜩 겁먹은 얼굴로 사시나무 떨듯이 몸을 떨고는 쥐고 있던 단도를 멀리 던져 버렸다.

"그래도 주제 파악은 되는 모양이야."

"죄, 죄송합니다! 정말 죄송합니다! 한 번만 살려 주십시오!"

"죽을죄인 건 아나 봐?"

"지지, 집에 늙은 어머니와 시집보낼 여동생이 있습니다!"

산적이 몸을 바르르 떨며 오체투지 했다.

더 이상 기습은 생각도 하지 않는다는 듯이 두 손바닥을 양쪽 귀 옆에 대고 펼쳐 보였다.

하지만 유하성은 그 모습에도 방심하지 않았다.

직접적인 경험은 일천할지 모르나 들은 건 꽤나 많아서였다.

"헛소리는 하지 말고. 얼른 일어나서 안내나 해. 네가 죽으면 다른 놈을 찾아야 하니까."

"바, 바로 모시겠습니다!"

한마디로 허튼짓을 하면 똑같이 죽여 버리겠다는 말이었기에 산적은 마른침을 꿀꺽 삼키며 번개같이 몸을 일으켰다.

그러고는 빠르게 길을 안내했다.

어떻게 보면 배신행위나 마찬가지였지만 애초에 산적들에게 신의나 의리 같은 건 없었다.

필요에 의해 뭉쳤을 뿐이고 가장 중요한 건 결국 자신의 목숨이었기에 산적은 망설이지 않고 유하성을 안내했다.

째애액!

사람이 다니는 길이 전혀 아님에도 익숙하게 나아가는 산적의 뒤를 따라 일각 정도를 걸었을 때 유하성의 귓가에 날카로운 파공성이 들려왔다.

바로 화살이 날아오는 소리였다.

우거진 숲속임에도 정확하게 자신을 향해 날아오는 화살에 유하성은 앞장서서 걷고 있던, 정확하게는 금방이라도 엎어지려는 듯이 몸을 낮추려는 산적의 목덜미를 붙잡고서 들어 올렸다.

"니미럴!"

푹!

유하성처럼 파공음을 들은 게 아니라 미리 알고서 몸을 낮추던 산적이 육두문자를 내뱉었다.

하지만 그런다고 한들 날아오던 화살이 방향을 틀지는 않았다.

"내가 설마 널 믿었을 거라 생각한 건 아니지?"

"제, 제기랄……."

가슴에 꽂힌 화살을 붙잡으며 산적이 이를 갈았다.

풋내기인 줄 알았는데 그게 아니었다.

망꾼이 있을 거란 걸 알고 있는 듯한 모습에 산적은 분한 표정을 지었다.

그러나 그 표정도 오래가지 못했다.

쌔애액! 쌔액!

이미 신호를 다 주고받은 것인지 사방에서 화살이 날아왔던 것이다.

그리고 이게 바로 산적들의 무서움이었다.

실력들은 무인들에 비해 많이 뒤떨어질지 모르나 산적들은 지형지물을 이용할 줄 알았고, 절대 접근을 허락하지 않았다.

푸푸푸푹!

다만 문제는 유하성도 아무 생각 없이, 단순히 본인의 무공만 믿고 산적의 소굴을 찾아온 게 아니라는 점이었다.

산적을 살려 놓은 건 그저 길 안내를 맡기려고 살려 놓은 게 아니었다.

"미, 미친!"

아직 살아 있는 동료를 화살받이로 쓰는 모습에 나무 위에 교묘히 숨어서 화살을 쏘던 산적들이 곤혹스러운 표정을 지었다.

지금까지 살아오면서 제법 많은 미치광이들을 봐 왔었지만 이런 식으로 대응하는 무인은 처음이었다.

스윽!

그러나 경악은 잠시였다.

화살 공격이 아주 잠깐 멈춘 사이 유하성의 신형이 사라졌다.

과다 출혈로 죽은 산적을 내팽개치고서 순식간에 모습을 감췄던 것이다.

그 광경에 산적들이 활시위를 당긴 채로 주위를 두리번거렸다.

뚝! 뚜둑! 쿠웅!

하지만 어디에서도 유하성의 모습은 보이지 않았다.

대신 묵직한 무언가가 땅바닥에 떨어지는 소리만 들렸다.

신음 소리는 일절 들리지 않고서 말이다.

그 사실에 활시위를 당기고 있던 산적들의 이마에 땀이 송골송골 맺히기 시작했다.

쿵! 쿵! 쿵! 쿵!

"어디냐! 어디에 있는 거냐!"

"비겁하게 숨지 말고 모습을 드러내라!"

비명도 없이 시체들이 떨어지는 소리만 들리자 산적들이 더 이상 참지 못하고 버럭 소리를 질렀다.

그러나 그들의 고성은 메아리처럼 산 곳곳으로 퍼져 나가기만 할 뿐 들려오는 대답은 없었다.

쿵!

그저 시체들이 떨어지는 소리만 들렸다.

유하성은 갖은 도발과 외침에도 일절 반응하지 않고서 스무 명 가까이 되는 인원들을 조용히 도륙했다.

데엥! 데엥!

그때 안쪽에서 종소리가 흘러나왔다.

침입자의 등장을 뒤늦게 알리는 것이었다.

하지만 유하성에게는 산채의 위치를 알려 주는 소리나 마찬가지였다.

"컥!"

"끄윽!"

망을 보던 산적들을 처리한 유하성은 곧장 종소리가 들려오는 곳으로 이동했다.

산채는 구릉에 만들어져 있었는데 아래에서 보면 절대 드러나지 않는 위치에 자리 잡고 있었다.

그러나 이미 들어온 이상 유하성의 발걸음을 막을 상대는 없었다.

귀호채(鬼虎寨)가 복건성에서는 나름 세 손가락 안에 꼽히는 대형 산채라고 하나 그래 봤자 변방에 자리 잡은 산적 무리였다.

"호랑이란 단어를 참 좋아해. 산군(山君)이라 불려서 그런가."

달려드는 산적들을 일격에 즉사시키며 유하성이 중얼거렸다.

산채 안으로 들어왔기에 화살 공격은 없었으나 대신 단검과 단도, 비수 들이 난무했다.

동료라는 인식이 전혀 없는지 마구잡이로 공격했던 것이다.

하지만 그중에 유하성의 몸에 적중한 건 없었다.

"멈춰라!"

"내가 왜 네 말에 따라야 하는데?"

"대화를 하자!"

무기는 단 하나도 소지하지 않았지만 상관없었다.

굳이 그가 챙기지 않더라도 사방에서 날아왔기에 대충 잡아서 되돌려주면 되었다.

물론 제대로 받는 이는 없었지만.

그런데 그때 보통 장정들보다 머리 두 개는 큰 엄청난 거한이 검게 물든 호피를 상체에 걸치고서 나타나서는 소리쳤다.

"대화?"

"그래! 너도 목적이 있으니 이곳에 온 것이잖느냐!"

"맞는 말이긴 한데, 우리가 대화할 사이는 아닌 걸로 아는데."

툭.

정확히 뒤통수를 노리고 파고드는 비수 하나를 보지도 않고서 움켜잡으며 유하성이 말했다.

그러자 거한이 시뻘게진 얼굴로 고함을 질렀다.

"멈추라니까, 이 새끼들아!"

덩치만큼이나 울림통도 좋은지 거한의 외침에 공격하던 산적들이 일제히 굳었다.

역시나 예상했던 대로 귀호채주가 이 거한인 듯싶었다.

"물러나! 괜히 얼쩡거리지 말고!"

"예, 예!"

거구의 덩치도 덩치지만 인상 역시 누가 산적 두령 아니랄까 봐 험상궂기 그지없었다.

웬만한 어른도 눈을 마주하면 기가 질릴 정도로 더러운 인상에 유하성은 새삼 관상이라는 학문이 괜히 있는 건 아닌 것 같다는 생각이 들었다.

"이제 좀 정리가 된 것 같군. 미안하다, 애들이 무식해서 반응이 좀 느려."

"느리긴. 일부러 눈치 보고 있었으면서. 안 그래?"

유하성이 코웃음을 흘렸다.

악을 질러 댔지만 그는 귀호채주의 눈동자가 빠르게 자신의 표정을 훑는 걸 놓치지 않았다.

"무슨 말을 하는지 모르겠군."

"곰 같은 여우라. 아니, 곰의 힘을 가진 여우라고 해야 하나."

귀호채주의 눈동자가 아주 미세하게 흔들렸다.

한눈에 자신의 성향을 꿰뚫어 볼 줄은 몰라서였다.

그러나 귀호채주는 놀란 티를 최대한 숨겼다.

"이제는 대화할 분위기가 되었다고 생각하는데. 어떤 목적으로 나를 찾아왔는지 말해 주면, 최대한 협조하겠다."

"네 협조를 받을 필요가 있을까?"

후우웅. 탁. 후우웅. 탁.

뒤통수로 날아왔던 비수를 장난스럽게 허공에서 빙그르르 돌리며 유하성이 말했다.

그런데 귀호채주의 눈에는 유하성의 행동이 결코 장난처럼 느껴지지 않았다.

허공에서 유유히 회전하고 있는 비수가 벼락처럼 자신의 심장이나 머리에 박힐 것만 같았다.

'대체 어디서 나타난 놈이지? 저런 녀석이 복건성에 나타났다는 말은 못 들었는데. 그렇다고 협객놀음을 하러 나온 명문세가의 후기지수 같지도 않고.'

짐짓 여유로운 척했지만 귀호채주의 머리는 빠른 속도로 회전하고 있었다.

근래 유명한 백도의 후기지수부터 구파일방의 전도유망한 제자들까지 전부 떠올렸다.

그러나 눈앞에 있는 유하성과 연결되어지는 이는 아무도 없었다.

게다가 복장도 너무 평범했다.

"네가 강한 건 안다. 하지만 우리 모두와 싸운다면 너도 멀쩡하긴 힘들어."

거한이 짐짓 위협적으로 으르렁거렸다.

거구의 덩치에 어울리게 누런 어금니를 드러내며 살기를 일으켰던 것이다.

하지만 그 모습에 유하성은 싱긋 웃었다.

"그럼 해보자고. 누가 이길지."

"……!"

말이 끝나기 무섭게 유하성이 사라졌다.

두 눈을 훤히 뜨고 있었음에도 말 그대로 감쪽같이 사라졌던 것이다.

동시에 사방에서 짧은 신음 소리가 들려왔다.

"으아아아!"

보이지는 않지만 빠르게 죽어 나가는 동료들의 모습에 산적들이 사방팔방으로 흩어졌다.

이길 수 없다는 생각이 들기 무섭게 자신의 안위부터 챙겼던 것이다.

그 결과 백여 명이 훌쩍 넘었던 인원이 순식간에 서른 이하로 줄어들었다.

"멍청한 새끼들! 도망치지 말고 공격해!"

"독을, 독을 뿌려라!"

귀호채주의 수족들이 그나마 충성심을 발휘해 자리를 지켰지만 분위기를 뒤집기에는 무리였다.

너무나 신출귀몰한 움직임에 누구 하나 제대로 반응하지 못했고, 독연까지 터트렸으나 되레 산적들이 당했다.

해독약을 가지고 있는 이가 소수였고, 전체적으로 고립된 지역이다 보니 산적들은 속수무책으로 당했다.

"이놈!"

결국 보다 못한 귀호채주가 애병인 거대한 도끼를 휘두르며 유하성에게 달려들었다.

수족들을 이용해 유하성을 겨우겨우 포위한 다음 최대한 붙들게 만들었다.

속도로는 유하성을 따라잡지 못하기에 그는 수족들에게 최대한 매달리도록 지시했다.

아니, 정확하게는 수족들을 희생양으로 썼다.

탁.

다만 문제는 그렇게 했음에도 귀호채주의 계책이 통하지 않았다는 점이었다.

정수리를 단숨에 쪼갤 기세로 떨어져 내리는 대부(大斧)를 유하성은 손가락 두 개로 붙잡았다.

"헉!"

그 모습에 귀호채주가 믿을 수 없다는 표정을 지었다.

비록 제대로 된 내공심법을 구하지 못해 공력은 일류의 수준에 닿지 못했으나 대신 그에게는 타고난 덩치에서 나오는 거력이 있었다.

공력은 부족할지 모르나 육체에서 나오는 힘으로 일류무사라 할 수 있는 일급표사, 혹은 표두급도 때려잡았었다.

그런데 유하성이 너무나 쉽게 자신의 일격을 받아 내자 귀호채주의 두 눈이 화등잔만 하게 커졌다.

꾸욱!

그러나 유하성은 거기서 그치지 않았다.

경악한 귀호채주와 산적들에게 더 큰 놀라움을 선사했다.

상대적으로 호리호리한 체격을 가지고 힘으로 귀호채주를 찍어 눌렀던 것이다.

"크흡!"

점점 더 거세지는 힘에 귀호채주가 어금니를 악물었지만 한번 밀린 대부는 좀처럼 앞으로 나아가질 못했다.

아니, 오히려 그의 허리가 뒤로 꺾이고 있었다.

무지막지한 힘에 귀호채주가 버티질 못하는 것이었다.

쿠웅!

결국 귀호채주는 치욕스럽게도 한쪽 무릎을 꿇고 말았다.

그러나 유하성은 거기서 멈추지 않았다.

쿵!

나머지 한쪽 다리마저도 무릎 꿇린 유하성은 거기에 더욱 더 힘을 주었다.

그러자 귀호채주의 안색이 해쓱하게 변했다.

이가 듬성듬성 빠진 도끼날이 어느새 그의 코앞에 다가와 있어서였다.

물론 그도 어떻게든 밀어 내려고 젖 먹던 힘까지 쏟아 냈지만 달라지는 건 없었다.

주르륵.

이윽고 도끼날을 동경처럼 사용할 수 있을 정도로 가까워졌을 때 이마에서 핏방울이 한 줄기 흘러내렸다.

절묘하게 살갗만 벤 것이다.

그의 두 팔이 부들부들 떨릴 정도로 전력을 다하고 있음에도 완벽하게 힘 조절을 하는 상대의 모습에 귀호채주는 잘못 걸렸다는 생각만 머리에서 맴돌았다.

"내가 너에게 시킬 게 하나 있어."

"무, 무엇이든 말씀만 하십쇼! 죽으라는 말만 빼고 전부 받들겠습니다!"

식은땀을 삐질삐질 흘리며 귀호채주가 소리쳤다.

그리고 그 소리에 얼어붙어 있던 수족들도 정신을 차렸다.

하지만 기습을 생각하는 이는 단 하나도 없었다.

저 정도로 힘의 차이가 나는데 자신들이 달려들어 봤자 결과는 달라지지 않음을 잘 알아서였다.

괜히 신경을 건드렸다가 자신이 먼저 죽을 수도 있기에 모여 있던 이들은 빠르게 서로의 표정을 살폈다.

그런데 다들 똑같은 생각을 하는지 누구도 움직일 기미를 보이지 않았다.

"말이 통해서 다행이군. 말귀를 못 알아들었으면 부채주를 찾으려고 했는데."

꿀꺽!

유하성의 말이 끝나기 무섭게 한쪽에서 침 넘어가는 소리가 크게 들렸다.

바로 부채주가 낸 소리였다.

얼마나 긴장했는지 소리만 들어도 목울대의 크기가 짐작이 갈 정도였다.

"하하, 저에게 말씀하시면 됩니다! 제가 산채에 대한 모든 걸 알고 있습니다!"

"그렇겠지. 근데 아마 부채주도 알고 있을걸? 너 죽으면 다음 서열이 산적 두목 아냐?"

"그, 그렇습죠."

여전히 살갗을 벤 채로 미동도 하지 않는 자신의 애병을 느끼며 귀호채주가 어색하게 웃었다.

언제라도 대부가 두개골을 쪼개 버릴 수 있다는 걸 알았기에 귀호채주는 최대한 밝은 표정을 지었다.

웃는 얼굴에 침 못 뱉는다는 속담처럼 최대한 우호적인 자세를 취했다.

굴욕적이긴 하나 죽는 것보다는 나았다.

'대체 어디서 이런 새끼가 나타난 거야!'

물론 속으로는 온갖 쌍욕을 내뱉었다.

그러나 아무리 머리를 굴려도 누구인지, 어디 소속인지 짐작이 가지 않았다.

"대청표국의 표물, 아직 가지고 있지?"

"예?"

"설마 모르는 건가?"

귀호채주는 물론이고 주변에 어정쩡하게 모여 있던 산적들이 어리둥절한 표정을 지었다.

생각지도 못한 곳이 등장하자 다들 어안이 벙벙해졌던 것이다.

하지만 귀호채주는 이내 반응했다.

이마를 파고들어 오는 서늘한 냉병기의 느낌에 정신이 번쩍 들었던 것이다.

"압니다! 복건성에서 활동하는데 어떻게 대청표국을 모를 수 있겠습니까!"

"다행이네. 몰랐다고 하면 일이 귀찮아졌을 텐데. 표물은?"

"아, 아직 가지고 있습니다. 하온데 대청표국에서 오셨습니까?"

귀호채주가 조심스럽게 물었다.

다른 산적들 역시 의문이 가득한 표정으로 유하성을 쳐다봤다.

그들이 알기로 대청표국에 이런 고수는 없어서였다.

의복은 볼품없었지만 무림에서 중요한 건 실력이었다.

"대청표국 소속은 아니지만 인연은 있지. 그러니까 여기에 온 거고."

"서, 설마……!"

귀호채주의 동공이 커졌다.

대답에서 무언가를 알아차린 듯 안색이 시커멓게 변했던 것이다.

"맞아. 무당에서 왔다. 속가제자라 도복은 입지 않은 거고."

덜덜덜!

유하성의 말에 귀호채주를 시작으로 산적들의 몸이 격렬하게 흔들렸다.

귀호채가 복건성에서 세 손가락 안에 들어가는 산채라고 하나 그래 봤자 복건성에서만 방귀깨나 뀌는 수준이었다.

구대문파라 불리며 중원 전역에 영향력을 지니고 있는 무당파에 비하면 아무것도 아니었다.

심지어 무당파는 구대문파 중에서도 소림사와 함께 양대 산맥이라 불리는 곳이었기에 귀호채주는 시선을 아래로 깔았다.

"소, 소문이 진짜였단 말인가……."

"맞아. 사실은 나도 와서 알았지만. 근데 중요한 건 현재고 결과지. 안 그래?"

"사, 살려 주십시오!"

"걱정하지 마. 지금은 죽일 생각이 없으니까."

무미건조한 유하성의 말에 귀호채주는 물론이고 산적들은 모골이 송연해졌다.

지금은 쓸모가 있어 죽이지 않겠지만 나중에는 달라질 수도 있다는 뜻이었기 때문이다.

하지만 그렇다고 저항이나 반항은 생각지도 못했다.

죽일 수 있었다면 애초에 상황이 여기까지 올 일도 없었다.

"표물이 있는 곳으로 모시겠습니다!"

"확실히 눈치가 있다니까."

"뭣들 해! 어서 움직이지 않고!"

귀호채주가 버럭 소리를 질렀다.

그러자 수족들이 빠르게 무기를 회수하고는 한곳을 향해 달려갔다.

대청표국을 비롯해 다른 표국들과 상단들에게서 빼앗은 물건을 모아 놓은 곳을 향해 이동한 것이었다.

"가, 가시죠! 헤헤! 대협은 제가 직접 모시겠습니다."

스윽.

복건성에서 악명 높은 귀호채의 두령이 맞나 싶을 정도로 비굴하게 나오는 귀호채주의 모습에 유하성이 잡고 있던 대부를 놓았다.

그러자 귀호채주는 조금의 망설임도 없이 대부를 땅바닥에 내던지고는 앞장섰다.

푸히히힝! 푸흥!

안내하는 귀호채주를 따라 산채 내부로 들어갔을 때 멀리서 말의 거친 투레질 소리가 들려왔다.

그런데 투레질 소리가 조금은 이상했다.

자연스럽다기보다는 울부짖는 듯한 느낌이 강했다.

"죄, 죄송합니다! 길들이고 있는 녀석인데 반항이 심해서. 근데 정말 좋은 녀석입니다. 야생마인데 웬만한 명마보다 뛰어난 녀석입니다. 주변 야산을 제집 앞마당처럼 돌아다니던 녀석이기도 하고요."

눈치를 살피던 귀호채주가 조심스럽게 입을 열었다.

자고로 남자치고 말을 싫어하는 이가 없었다.

더욱이 사로잡은 녀석이 보통이 아니었기에 귀호채주는 영활하게 머리를 굴렸다.

이참에 애물단지 아닌 애물단지를 처리하며 상황을 변화시키고자 했던 것이다.

"저 녀석인가 보군."

"그렇습니다. 길들인다고 먹이를 제대로 주지 않아서 비쩍 말랐지만 살은 금방 찌울 수 있습니다. 대협이시라면 충분히 저 녀석을 길들이실 수 있을 거라고 생각합니다!"

유하성은 귀호채주의 말을 한 귀로 듣고 한 귀로 흘렸다.

대신 가슴뼈가 드러날 정도로 비쩍 말랐음에도 형형한 안광을 뿌리는 흑색의 말을 지그시 쳐다봤다.

할 수 있는 것이라고는 일어서 있는 것밖에 못 할 정도로 십여 개의 줄이 몸을 묶고 곳곳에 채찍질을 했는지 피멍이 가득했으나 흑마는 조금도 기가 죽은 기색이 아니었다.

오히려 두 눈에 독기를 가득 품고서 이쪽을 쳐다보고 있었다.

"길들여지기보다는 그냥 죽을 성격인 것 같은데."

"짐승이지 않습니까. 제아무리 독기가 대단하더라도 한낱 미물일 뿐입죠."

"그건 네 생각이고."

피이잉! 핑!

유하성이 손가락을 튕겼다.

그러자 그의 손끝에서 뻗어 나간 지풍(指風)들이 흑마를 결박하고 있던 밧줄을 모조리 잘라 냈다.

그런데 그 모습에 귀호채주가 기함을 토했다.

겨우겨우 생포한 녀석을 풀어 주자 깜짝 놀랐던 것이다.

"대, 대협! 저 녀석 보통 놈이 아닙니다! 사로잡는 데 애들 열댓 명이 뻗었습니다!"

"난 사로잡을 생각이 없는데."

흑마를 죽이는 건 어렵지 않았다.

제아무리 야생에서 날뛰던 명마라고 하나 짐승이었다.

일류무사도 처치한 귀호채주에게는 마음만 먹으면 언제든지 죽일 수 있는 존재가 바로 흑마였다.

그러나 사로잡는 건 문제가 달랐기에 화들짝 놀란 것이었다.

푸르륵.

한데 전신을 결박하던 밧줄이 끊어졌음에도 흑마는 작게 투레질을 할 뿐 예전처럼 마구잡이로 날뛰지 않았다.

오히려 의아한 눈동자로 주변을 살피다가 귀호채주를 한번 쳐다보고는 유하성을 응시했다.

"가라."

자신을 풀어 준 게 유하성이란 걸 아는지 흑마는 지그시 그를 쳐다봤다.

제자리에 꼿꼿이 서서 바라보기만 했던 것이다.

그런 흑마에게 유하성은 짧게 한마디를 내뱉고는 몸을 돌렸다.

끔뻑끔뻑.

그러자 흑마가 고개를 갸웃거렸다.

어떻게든 자신을 제압하려고 했던 인간들과 달리 무심하게 자기 하고 싶은 일만 하고 걸어가는 유하성의 모습에 흑마는 퉁방울만 한 두 눈을 껌뻑였다.

이게 무슨 상황인가 싶어서였다.

하지만 유하성은 눈곱만큼도 관심이 없다는 듯이 귀호채 주를 앞장세워서는 걸어갔다.

푸르륵. 푸륵.

흑마는 그 모습을 가만히 지켜봤다.

혹시 다른 수법을 사용하는 것일 수도 있기에 상황을 주시했다.

그러나 두 사람의 모습이 보이지 않자 흑마는 알 수 있었다.

정말로 자신을 풀어 줬다는 걸 말이다.

푸히히힝!

그 사실을 확인하기 무섭게 흑마가 포효했다.

자유를 되찾았다는 사실에 그동안의 울분을 모조리 토해 낸 것이었다.

그런데 흑마의 포효성이 끝나기 무섭게 곳곳에서 거친 투레질 소리가 들려왔다.

흑마와 함께 붙잡혀 왔던 야생마들이 동조하듯 울부짖은 것이었다.

타다다닷!

그 소리를 들은 흑마가 자기 체고의 칠 할은 될 법한 울타리를 단숨에 뛰어넘었다.

이제껏 결박되어 있었다고는 믿기지 않을 정도로 가볍고 날렵한 움직임이었다.

다그닥. 다그닥.

마차 위에서 유하성이 한가로이 누워 하늘을 쳐다봤다.

하지만 정작 마부석에서 마차를 끄는 귀호채주와 수족들은 똥 씹은 표정으로 앉아 있었다.

지옥을 제 발로 걸어 들어가는 느낌이 들어서였다.

그러나 거부는 할 수 없었다.

"어째 속도가 점점 더 느려지는 것 같은데?"

"아, 아닙니다! 혹시라도 대협의 사색에 방해가 될까 봐 조심스럽게 말을 몰고 있었습니다!"

"불만이 있으면 말만 해. 지금이라도 그 불만이 사라지게 만들어 줄 테니까."

"아닙니다!"

귀호채주는 물론이고 뒤따라서 마차를 몰던 산적들이 일제히 대답했다.

저 말에 생각 없이 그렇게 해 달라고 했던 동료가 어떻게 되었는지 너무나 잘 알아서였다.

대답하기 무섭게 머리에 구멍이 뚫렸기에 산적들은 속으

로 씨부렁대면서도 얌전히 마차를 몰았다.

"어? 어?"

잠시 후 대청표국의 정문이 보이자 문지기로 서 있던 쟁자수 한 명이 깜짝 놀라며 소리쳤다.

상자가 잔뜩 쌓여 있는 마차 위에 누워 있는 유하성을 발견하고는 자기도 모르게 비명을 지른 것이었다.

더불어 누가 봐도 산적의 행색을 하고 있는 이들이 마차를 몰고 있자 쟁자수는 빠르게 장원으로 들어가 소식을 전했다.

"유 소협!"

"형님!"

잠시 후 정문에 도착하자 헐레벌떡 뛰어오는 곽두일과 백현승의 모습이 보였다.

그 뒤로 표사들과 쟁자수들이 우르르 몰려 나왔는데 산적들이 마차를 몰자 혹시 몰라 죄다 데리고 온 듯싶었다.

"표물 가지고 왔다. 이 녀석들은 현상금이고."

"으윽!"

현상금이라는 말에 귀호채주를 비롯해서 산적들의 얼굴이 우울해졌다.

단전이 전폐되었기에 이제는 범인과 다를 바가 없었다.

무공이라도 온전했으면 관부에 끌려가도 도망을 생각했을 텐데 이제는 그것도 불가능했다.

"아!"

"목만 가져가도 되기는 한데, 이왕이면 살려서 데려가는 게 가장 확실하지 않습니까. 일꾼이 필요하기도 하고."

"그, 그렇죠."

곽두일의 시선이 빠르게 마차를 훑었다.

그런데 대청표국이 빼앗긴 표물이라고 하기에는 양이 많았다.

물론 놀랍기도 했고.

유하성이 강하다는 건 알았지만 혼자서 귀호채를 박살 낼 줄은 몰랐기에 곽두일은 놀란 표정을 숨기지 못했다.

"산적들을 부탁드립니다. 단전을 망가뜨렸기에 저항은 걱정하지 않아도 됩니다. 포박해서 관아에 데려가시죠."

"아, 네!"

곽두일이 고개를 끄덕이며 표사들 중 가장 고참을 불렀다.

공력을 사용하지 못한다고 하나 그래도 복건성에서 세 손가락 안에 들던 산채가 귀호채였다.

쌈질하던 가락이 어디 가는 건 아니었기에 곽두일은 노련한 표사와 함께 직접 산적들을 밧줄로 꽁꽁 묶었다.

막말로 두 다리만 움직일 수 있게 말이다.

"족쇄가 있었으면 더 좋았을 텐데."

"일단 최대한 꽁꽁 묶어. 몸수색 확실하게 하고."

"알겠습니다."

"그런데 저희 표물만 있는 것 같지는 않은데요?"

산적들을 고참 표사에게 맡긴 곽두일이 유하성에게 다가 갔다.

일일이 확인하지는 못했으나 대청표국의 표물만 있는 것 같지는 않아서였다.

"겸사겸사 다른 표국과 상단 들이 빼앗긴 물건들도 같이 가져왔습니다. 이것들을 요긴하게 사용할 수 있을 것 같아 서요."

"아!"

곽두일이 손뼉을 쳤다.

어떤 의미로 유하성이 챙겨 왔는지 알아차린 것이었다.

그래서 그는 다른 의미로 놀란 표정을 지으며 유하성을 쳐 다봤다.

"아직 남아 있는 것들도 있고요. 이것 또한 이용할 수 있 을 겁니다."

"감사합니다, 정말 감사합니다!"

"아닙니다. 당연히 해야 할 일을 이렇게 늦게 해 드려서 오히려 죄송합니다."

유하성이 고개를 숙였다.

감사해야 하는 쪽은 오히려 자신과 무당파였다.

무당파는 이들을 잊었으나 대청표국은 무당파를 잊지 않 았으니까.

그리고 이건 시작에 불과했다.

"죄송하다니요! 당치도 않은 말씀입니다! 오히려 저희가 죄송하지요. 유 소협께서 홀로 귀호채를 가게 만들었으니. 다치신 곳은 없으십니까?"

"예. 다행히 할 만하더라고요."

"허허허."

뒤늦게 유하성의 전신을 살펴보던 곽두일이 헛웃음을 흘렸다.

귀호채를 혼자 박살 내고서 할 만하다고 하니 놀랍기도 하고 당혹스럽기도 했다.

미리 언질이라도 했으면 이렇게까지 당혹스럽지는 않았을 터였다.

하지만 만약 미리 말했다면 백이면 백 말렸을 게 분명했다.

'어쩌면 그래서 혼자 움직인 걸지도.'

곽두일이 새삼스럽다는 눈으로 유하성을 바라봤다.

범상치 않다는 건 익히 알았지만 사실 이 정도일 줄은 몰랐다.

아무리 복건성이 중원에서 변방 취급을 받는다고 하나 그래도 나름 악명 높은 산채가 귀호채였다.

그 귀호채를 상처 하나 없이 무너뜨렸다는 건 많은 걸 뜻했다.

"정말, 정말 대단하세요."

"내가 말했잖아. 보여 주겠다고."

"어떻게 혼자서, 아니 혹시 도와주시는 분이 더 계시는 건가요?"

"말했을 텐데. 나 혼자 왔다고."

"우와."

곽두일만큼이나, 아니 더 놀란 백현승이 두 눈을 초롱초롱하게 빛내며 쉴 새 없이 입을 놀렸다.

그 정도로 백현승은 놀랐다.

설마하니 귀호채를 혼자 때려잡을 줄은 몰라서였다.

"표물을 되찾았다고 해서 끝난 게 아냐. 앞으로 할 일이 많다는 건 알지?"

"당연히 알죠."

"이건 시작에 불과해. 이제부터 잘해 나가야 할 거다. 다시 과거의 성세를 되찾으려면."

"저기……."

백현승과 대화하고 있을 때 하인 한 명이 조심스럽게 다가왔다.

누가 봐도 할 말이 있는 표정으로 유하성에게 걸어왔던 것이다.

"무슨 일입니까?"

"국주님께서 찾으십니다."

"안 그래도 드릴 말씀이 있었는데 잘되었군요."

"모시겠습니다."

"뒤를 부탁합니다."

"걱정 마십시오!"

유하성의 말에 곽두일이 가슴을 탕탕 두드렸다.

이 정도 뒷정리는 그에게 있어 일도 아니었다.

게다가 대청표국의 미래가 달라질지도 모를 일이었기에 곽두일은 누구보다 의욕 넘치는 표정이었다.

표사들과 쟁자수들 역시 지금까지 봐 왔던 표정 중에서 가장 밝았다.

"후우."

"살아도 산 게 아니니."

다만 밧줄로 거의 전신이 묶인 산적들만이 죽을상을 지었다.

이대로 관아에 가면 어찌 될지 너무나 잘 알아서였다.

게다가 무공도 잃었기에 미래가 뻔했다.

"가죠."

"예."

하지만 그것들은 유하성이 신경 쓸 필요가 없었다.

자업자득이란 말처럼 뿌린 대로 거두는 법이었다.

암울한 미래는 산적들 스스로가 만들었기에 유하성은 일말의 동정도 없이 하인을 따라 발걸음을 옮겼다.

武當霸王
무당패왕

"국주님. 유 공자님을 모셔 왔습니다."

"안으로 모시거라."

창문 앞에 서서 밖의 풍경을 응시하던 백기륭이 몸을 돌렸다.

그러자 문이 열리며 단출하지만 깔끔한 모습의 유하성이 안으로 들어왔다.

"제가 직접 가야 하는데 그러지 못해서 죄송합니다."

"아닙니다. 손님이 집주인을 찾아가는 게 맞지 않겠습니까."

"대화하기에는 여기가 더 나을 것 같아서요. 준비한 차도 있고요."

"얻어 마시는 차가 맛있긴 하지요."

유하성의 말에 백기륭이 빙그레 웃었다.

그러고는 빠르게 그의 몸을 살펴봤다.

역시나 보고받은 대로 유하성의 무복에는 핏방울 하나 묻어 있지 않았다.

분명 귀호채가 순순히 굴복하지는 않았을 텐데 말이다.

또르륵.

"표물을 되찾아 주셔서 감사합니다. 하지만 다음에는 미리 말씀해 주셨으면 합니다. 다행히 일이 잘 풀렸지만 안 좋게 풀렸다면 아버지께서 많이 힘들어하셨을 겁니다."

"제가 가겠다고 말했다면 그냥 보내 주셨을까요?"

백기륭이 따라 주는 차를 받으며 유하성이 담담히 입을 열었다.

그 말에 백기륭이 쓴웃음을 흘렸다.

"분명히 말렸을 겁니다."

"저는 무모한 성격이 아닙니다. 도박이나 모험을 좋아하는 성격도 못 됩니다. 이번 일은 할 만하다고 생각했기에 움직인 것입니다. 증명은 충분히 했다고 생각합니다."

"맞습니다. 그래서 더 죄송한 것도 있습니다. 저희가 유공자님께 믿음을 주지 못했다는 뜻이기도 하니까요."

"그렇지 않습니다. 제가 혼자 간 건 혼자서도 충분하다고 생각했기 때문입니다."

유하성이 고개를 저었다.

자세하게는 모르지만 백기륭이 대청표국을 다시 일으키기 위해 사방팔방으로 분주히 움직이는 건 알고 있었다.

다만 문제는 발품만으로는 한계가 있다는 점이었다.

계속된 운송 실패로 신용이 떨어진 것도 한몫했고 말이다.

"정말, 정말 감사합니다."

백기륭이 진심을 담아 고개를 숙였다.

그러나 그는 이내 고개를 들어야 했다.

보이지 않는 무형의 힘이 그의 머리를 들어 올려서였다.

그걸 느낀 백기룡의 동공이 흔들렸다.

비록 무능력하다고 비난받고 있었으나 그 역시 한 명의 무인이었다.

지금의 기교가 무엇을 뜻하는지 모르지 않았기에 백기룡은 놀란 표정을 감추지 못했다.

"전에도 말씀드렸다시피 당연히 해야 할 일을 한 것뿐입니다. 그리고 중요한 건 공치사가 아닙니다."

"으음!"

"알고 계실지 모르시겠지만 음습한 거래가 있었습니다."

"혹시 군호표국입니까?"

짐작 가는 곳이 있다는 듯이 백기룡이 말했다.

그러자 이번에는 유하성이 살짝 놀랐다.

조금의 고민도 없이 바로 군호표국을 꺼내서였다.

"의심은 하고 계셨었나 봅니다."

"예. 심증은 많았습니다. 다만 물증이 없어서 어디에도 말을 꺼내지 못했습니다."

"이걸 보시죠."

"설마?"

유하성이 꺼낸 돌돌 말려 있는 종이 뭉치를 보며 백기룡이 눈을 빛냈다.

그러나 유하성은 고개를 작게 저었다.

"확실한 건 아닙니다. 저쪽도 바보는 아니니까요. 제가 그

쪽으로 잘 알지도 못하고요. 하지만 도움은 될 거라고 생각합니다."

"일단 보겠습니다."

크게 기대했던 만큼 실망스러운 감정도 들었지만 현재 복건성에서 제일 잘나가는 표국인 군호표국이 어리석게 흔적들을 남겨 놓을 리 없었다.

크든 작든 명확한 흔적이 자신들에게 약점이 된다는 걸 알테니까.

하지만 분명 대청표국에게 도움은 될 것이었다.

후르릅.

백기륭이 두 눈을 부릅뜨고서 서류들을 살펴볼 동안 유하성은 느긋하게 차를 마셨다.

미지근한 듯하면서도 따뜻한 차가 속을 편안하게 만들어 주었다.

정작 차를 우려낸 백기륭은 마실 생각을 하지 못하고 있었지만.

"확실히 수상하기는 하군요."

제4장 한 사람이 일으킨 바람

"그러나 증거로는 애매합니다."

"맞습니다. 역시 녹록지 않다고나 할까요."

백기룡이 입맛을 다셨다.

쉽지 않을 거라는 걸 알았지만 그래도 아쉬워서였다.

하지만 유하성의 말은 아직 끝나지 않았다.

"그래서 증거를 좀 더 모아 볼 생각입니다."

"그 말씀은……."

"표물을 회수하지 못한 곳이 아직 남아 있지 않습니까."

백기룡이 눈을 번뜩였다.

짧은 한마디였으나 그 안에 담긴 저의를 파악하기는 쉬웠다.

게다가 홀로 귀호채를 박살 낸 게 눈앞에 있는 유하성이었기에 마냥 허황된 소리로만 들리지는 않았다.

더욱이 어제 그는 부친에게서 유하성이 무당파에 있어 어떤 존재인지 들었기에 더 이상 실력을 의심하지 않았다.

"맞습니다. 제가 무능력하여 아직 강탈당한 표물들을 회수하지 못하고 있습니다."

"그걸 찾아오다 보면 더 많은 흔적들을 찾을 수 있지 않겠습니까. 이번처럼 채주를 잡아 와도 되고요. 물론 거래를 텄던 이들이 얼굴을 드러내지는 않았겠지만 압박은 충분히 될 겁니다."

"저도 그렇게 생각합니다. 아마 어떻게든 흔적과 증인을 지우려고 하겠지요."

지금까지 군호표국이 보여 준 행보를 생각하면 충분히 그러고도 남았다.

성공을 위해서라면 수단과 방법을 가리지 않았으니까.

물론 드러난 정황 중에 문제가 되는 것은 없었다.

하지만 드러나지 않은 게 상당히 많을 것이라는 게 세간의 평가였다.

"이번에는 저희도 거들겠습니다. 손님께 너무 폐를 끼치는 것 같아서요. 큰 도움은 되지 않겠지만 그래도 함께하겠습니다."

귀호채는 어쩔 수 없었다지만 다음번에는 반드시 함께 가겠다는 듯이 백기륭이 단호하게 말했다.

말한 대로 전력적으로 큰 도움은 되지 않을 터였다.

그러나 이런저런 잡일들을 해 줄 일꾼은 필요할 것이었다.

이번처럼 산적들을 굳이 이용하지 않고서 말이다.

"알겠습니다."

"감사합니다."

"저야말로 감사하지요. 도와주시겠다는데."

"정말 이렇게 받기만 해도 되나 싶을 정도입니다."

백기륭이 고개를 숙였다.

그런 그의 어깨는 미약하게 떨리고 있었다.

아무리 안 좋게 대청표국을 물려받았다고 하나 그래도 반
등을 시키지 못한 건 그의 능력이었다.

그렇기에 백기륭은 유하성이라는 존재가 너무나 감사하고
든든했으며 동시에 부끄러웠다.

"국주님과 대청표국은 그래도 됩니다. 그러니 부담스러워
하지 마세요."

"그렇게 말씀해 주셔서, 정말 감사합니다."

"앞으로는 달라질 겁니다. 그리고 그걸 가장 앞에서 이끄
셔야 하는 게 국주님입니다."

"최선을 다하겠습니다."

백기륭이 결연한 표정으로 두 눈을 형형하게 빛냈다.

기회가 왔는데 그걸 놓치는 것만큼 어리석은 자도 없었다.

그는 절대 어리석은 자가 될 생각이 없었고, 유하성이 만들어 준 기회를 반드시 잡아 대청표국을 다시 과거의 영광스러운 시절로 되돌아가게 만들 생각이었다.

"우선은 귀호채부터 해결하죠. 되찾아온 물건들을 제 주인에게 되돌려줘야 하니까요. 아마 그것만으로도 얻을 수 있는 게 적지 않을 겁니다. 저야 산에서 수련만 했기에 잘은 모르지만요."

"강호초출이라고는 생각되지 않는데요."

"무작정 힘으로 한 것밖에 없습니다."

백기룡의 칭찬에 유하성이 겸연쩍은 얼굴로 고개를 저었다.

스스로 생각해도 그 정도까지는 아닌 것 같아서였다.

하지만 백기룡은 진심이었다.

"하하. 무림에서 가장 중요한 게 바로 무력이지 않습니까."

"이렇게라도 도움이 될 수 있어서 다행이라고 생각합니다."

"몇 번이나 말씀드렸지만 저희로서는 정말 유 공자님의 등장이 천우신조라고 생각하고 있습니다."

"그건 너무 과한 것 같습니다."

웬만해서는 표정 변화가 없는 유하성이 머쓱하게 웃었다.

아무리 그래도 천우신조라는 말을 사용할 정도는 아니라고 생각해서였다.

그리고 대청(大淸)이라는 이름처럼 여기 있는 사람들은 참

순박했다.

영악하고 교활한 이들이었다면 어떻게든 그를 이용하려 했을 텐데 그런 이가 단 하나도 없었다.

'너무 맑은 물이라 다 떠나간 건가.'

아마 나간다고 한 표두들이나 표사들을 붙잡지 않았을 게 분명했다.

보지 않아도 충분히 예상이 간다고나 할까.

하지만 그렇기에 유하성은 대청표국과 사람들이 마음에 들었다.

부족한 게 있다면 채우면 될 일이었다.

'다행히 내가 도와줄 수 있는 게 있으니까.'

돈도 없고 머리도 영리하지 않았지만 대신 그에게는 남부럽지 않은 무력이 있었다.

그렇기에 유하성은 백기룡과 대화하며 앞으로 할 일에 대해서 차근차근 생각했다.

유하성은 오늘도 어김없이 바삐 움직이는 쟁자수들을 지켜봤다.

총인원은 열 명이었는데 나이대는 다양했다.

열 살 안팎으로 보이는 아이부터 십 대 후반의 소년까지 있었다.

"너희들 잠깐만 나한테 와 볼래?"

"예!"

귀호채를 박살 냈다는 소문은 하루도 안 돼서 복주 전역으로 퍼졌다.

워낙에 작은 동네이기도 하고 생각지도 못한 일이었기에 복주 전체가 하루 종일 떠들썩했다.

하지만 딱 거기까지였다.

대청표국을 찾은 무당파의 제자가 귀호채를 박살 냈다고 해서 갑자기 일감이 몰려들지는 않았다.

놀라운 일이기는 하나 그렇다고 바닥까지 떨어진 신뢰도를 단숨에 회복할 정도는 아니었다.

그렇기에 정리 정돈과 청소 말고는 딱히 할 일이 없었기에 쟁자수들이 우르르 유하성에게 다가왔다.

"지금 바쁜 일은 없지?"

"네!"

"혹시 시키실 일이 있으신가요?"

처음 만났을 때와 달리 쟁자수들은 하나같이 초롱초롱한 눈빛으로 쳐다봤다.

부담스러울 정도로 동경 가득한 눈빛을 보내왔던 것이다.

근데 그게 유하성은 나쁘지 않았다.

그만큼 자신의 실력을 인정했다는 뜻이기도 하니까.

"그런 건 아니고 몇 가지 물어볼 게 있어서. 아니, 제안이라고 해야 하나."

"제안이요?"

"저희한테요?"

쟁자수들이 고개를 갸웃거렸다.

무슨 말을 하려는지 감이 안 잡힌다는 표정이었다.

그런 쟁자수들의 모습에 유하성이 빙긋 웃어 보였다.

"너희들 중에 대청표국에 뼈를 묻을 사람 있니?"

"저요!"

"저도 죽을 때까지 있을 거예요."

"할아버지도 대청표국의 표사였고, 아버지께서도 지금 표사예요. 그리고 저도 표사가 될 거예요!"

열 명의 아이들이 일제히 대답했다.

누구 하나 고민하지 않고 곧바로 대답하는 모습에 유하성은 역시나 하는 표정을 지었다.

형편이 좋지 않음에도 꿋꿋이 남아 제 할 일을 하던 이들이 바로 눈앞에 있는 사람들이었다.

그렇기에 이 아이들을 기둥으로 키워야 했다.

"말로만 그러는 건 아니고?"

"절대 아니에요!"

"나갈 애들은 진즉에 다 나갔어요!"

"치사하게 군호표국에 들어간 녀석도 있어요! 자랑을 엄청

하는데 완전 꼴 보기 싫어요!"

기다렸다는 듯이 여기저기에서 불만들이 터져 나왔다.

그러나 그것 역시 유하성이 예상한 부분이었다.

"표사들도 많이 나간 걸로 아는데."

"……엄청 나갔어요. 근데 국주님께서 다 보내 주셨어요. 모두 다 웃으면서요. 생계가 걸려 있으니 어쩔 수 없다고, 오히려 미안하다고 말씀하시면서요."

가장 나이가 많은 쟁자수가 하소연하듯 말했다.

그때의 광경은 기억하고 싶지 않다는 듯이 말이다.

"국주님답네."

"배신자들이죠. 진짜 생계가 힘든 건 남아 있는 표사님들이시거든요."

"의리의 사나이들이시죠!"

"맞아!"

처음에 어려워했던 것과 달리 먼저 다가와서 말을 걸어 주자 아이들이 기다렸다는 듯이 재잘거렸다.

그런데 그 모습이 참으로 순진무구하고 포근했다.

무당파에서는 느껴 보지 못한 따뜻함이라고 할까.

그래서인지 유하성은 자기도 모르게 미소를 짓고 있었다.

"역시 다들 힘드시구나."

"아무래도 의뢰가 거의 없으니까요."

"그래서 저희도 조금 죄송해요. 큰돈은 아니지만 월봉은

꼬박꼬박 받고 있거든요."

"밥도 많이 먹고. 나름 조절하고 있기는 한데⋯⋯."

언제 신나서 떠들었냐는 듯이 아이들의 목소리가 작아졌다.

감정 기복이 극심했으나 이 또한 아이들다운 모습이었다.

"많이 먹어야지. 너희들은 한창 자랄 때인데."

"식비가 많이 들어가니까요. 하인, 하녀 들도 있고."

"빚을 꽤 많이 지셨다고 들었어요."

아이들이 어두운 얼굴로 눈치를 살폈다.

나이가 어리다고 하나 눈과 귀가 없는 건 아니었다.

오히려 이런 쪽에 가장 민감한 게 바로 아이들이었다.

인원을 감축할 때 제일 먼저 나가게 되는 게 쟁자수들이나 하인, 하녀 들이었으니까.

"이제부터는 걱정하지 않아도 돼. 먹고 싶은 거 마음껏 먹어. 지금 사정이 차차 나아질 테니까."

"감사합니다!"

"내게 감사할 건 없고."

"전부 다 공자님 덕분인 거 다 알고 있어요!"

"맞아요!"

다시 되살아나서 발랄하게 소리치는 아이들의 모습에 유하성이 피식 웃었다.

그래도 어두운 것보다는 밝은 게 나았다.

"알았으니까 꽉꽉 먹어. 너희들이 앞으로 대청표국의 기둥이니까."

"저희들이요?"

"그래."

"어, 가능할까요?"

몇몇 아이들이 회의적인 표정을 지었다.

마음은 그렇게 하고 싶지만 아이들은 현실을 알았다.

스스로의 재능이 그리 뛰어나지 않음을 말이다.

다들 열심히 노력해 오긴 했으나 딱 거기까지였다.

"당연히 가능하지. 내가 너희들의 무공을 봐줄 거니까."

"저, 정말요?"

"응. 그러려고 부른 거고. 슬슬 수련할 시간 아냐?"

"맞아요!"

아이들의 눈이 반짝거렸다.

귀호채를 혼자서 쓸어버릴 정도의 고수인 유하성이, 그것도 무당파의 제자인 그가 직접 무공을 봐준다고 하자 다들 잔뜩 기대한 것이었다.

"그렇다고 본산의 무공을 가르쳐 줄 수는 없어. 내가 배운 건 태극권이 전부기도 하고."

"헐!"

"정말요?"

아이들이 믿을 수 없다는 표정을 지었다.

특히 나이가 많아질수록 그러한 기색이 짙었다.

태극권이 무당파를 상징하기는 하나 대표하는 무공은 절대 아니었다.

기본공 중의 기본공이 태극권이었고 막말로 중원무림의 반 이상이 알고 있는 게 태극권이었다.

"무당파에는 이런 말이 있지. 무당의 모든 무공은 태극권에서 나온다."

"저 들어 봤어요! 근데 그거 그냥 소문 아니에요?"

"진짜야. 내가 그걸 증명하는 무인이거든."

"헤에."

너무 자신만만해서일까.

아이들은 선뜻 유하성의 말을 믿지 않았다.

대부분이 기본을 강조하기 위해 일부러 저렇게 말한다고 생각했다.

"어쨌든 중요한 건 내가 봐준다는 거니까. 대청표국의 무공이 태청기공에서 나왔다는 건 알고 있지? 같은 뿌리를 두고 있기에 내가 어느 정도는 도와줄 수 있을 거야."

"저희야 감사하죠!"

"이런 기회가 흔한 것도 아닌데!"

"맞아요!"

"근데, 시간 낭비 하는 건 아닐까 걱정도 돼요."

몇몇 아이들이 시무룩한 표정을 지었다.

유하성의 가르침을 받는 건 너무나 영광이지만 자신들이
그 가르침을 제대로 배울 수 있을지는 장담할 수 없어서였다.

"왜 시간 낭비야?"

"공자님의 실력이야 의심할 여지가 없지만 저희들이 제대
로 흡수할 수 있을지 자신이 없어서요."

"너무 현실적인데."

"이상만 있는 것보다는 현실적인 게 낫죠."

"인정."

자기들끼리 맞장구를 치는 모습에 유하성이 피식 웃었다.

어떤 의미로 말을 꺼냈는지 이해해서였다.

하지만 그렇기에 유하성은 아이들의 무공을 봐주고 싶었다.

자신 역시 그와 같았으니까.

"한마디로 재능이 없다?"

"……네. 재능 있는 아이들은 다 다른 곳에서 데려가기도
했고요."

"그랬겠지."

안 봐도 뻔했다.

그러나 성장에 있어 재능이 전부는 아니었다.

중요한 부분인 건 맞지만 절대적이라고는 생각하지 않았다.

'내가 그랬으니까.'

냉정하게 말해 유하성도 재능이 특별한 쪽은 절대 아니었다.

오히려 지극히 평범한 축에 들었다.

그의 스승인 명운 도장 역시 마찬가지였고.

하지만 포기하지 않으면 길은 있었다.

"맞아. 너희들 스스로가 알다시피 근골이 썩 좋은 편은 아냐. 지금껏 수도 없이 들어 왔겠지만."

"……맞아요."

"근데 사실이니까요."

아이들의 표정이 우울해졌다.

인정하는 것과 받아들인 건 다른 문제였고 아이들은 그 차이를 표정으로 여실히 보여 주었다.

머리로는 이해하지만 마음은 받아들이지 못하는 이율배반적인 느낌이라고나 할까.

유하성 역시 수없이 느꼈었기에 너무나 잘 알았다.

"나를 봐."

"예?"

"내 근골이 특별해 보여?"

"어……."

"물론 재능의 기준이 근골만 있는 건 아니지. 감각도 있겠고, 지능도 있지. 하지만 기본적으로 가장 중요한 건 육체지. 내 말이 틀려?"

도리도리.

아이들이 일제히 고개를 저었다.

여러 가지 재능이 있겠지만 무인에게 있어 가장 기본적으로 중요한 부분은 누가 뭐래도 육체였다.

"하지만 반대로 말하면 육체가 전부가 아냐. 당장 내가 그 걸 증명하고 있고."

"저희도, 저희도 가능할까요?"

"물론. 근데 쉽지만은 않을 거야. 남들보다 부족한 것들을 채워야 하니까. 천재가 하루면 될 걸 너희들은 열흘을 붙잡 아야 할지도 몰라. 그만큼 혹독하고 처절하게 달려들어야 해. 할 수 있겠어?"

"강해질 수 있다면, 할 수 있어요!"

"힘이 없어 치욕스럽게 사는 것보다는 악착같이 노력해서 강해질래요!"

아이들의 눈빛이 달라졌다.

조금 전까지 좌절하고 무기력하던 모습은 사라지고 의욕 이 활활 불타올랐다.

유하성처럼 강해질 수 있다면 아이들은 그 어떤 것이든 감 당할 생각이 있었다.

"좋아. 진즉에 그렇게 나왔어야지. 물론 그 전에 계약서는 쓰고. 지금은 대청표국에 뼈를 묻겠다고 당연하게 말하지만 나중에는 생각이 달라질 수도 있으니까."

"바로 종이를 가져올게요!"

"난 벼루와 먹을 챙겨 올게!"

"같이 가자!"

아이들이 순식간에 우르르 몰려갔다.

당장이라도 수결을 쓰겠다는 듯이 말이다.

"험험!"

"곽 표사님."

"우연찮게 지나가다가 유 소협께서 하신 말씀을 들었습니다. 그래서 말인데, 저도 부탁드려도 될까요?"

헛기침을 하며 다가온 곽두일이 조심스럽게 물었다.

나이는 그가 한참이나 많았으나 무림에서 중요한 건 스스로가 지닌 힘이었다.

더욱이 전대 표국주인 백장운에게 들은 말이 있기에 곽두일은 유하성에게 가르침을 청하는 데 조금도 부끄러워하지 않았다.

오히려 그는 나이 어린 유하성에게 고개를 숙이는 것보다 대청표국에 크게 도움이 되지 않는다는 게 더 부끄러웠다.

"혹시 지금 저에게 무공을 봐 달라고 말씀하시는 건가요?"

"예."

곽두일이 옅게 웃었다.

자신의 감정이 상하지 않게 유하성이 에둘러 표현했음을 알아서였다.

그래서 더 고마웠다.

젊은 나이에 고수가 되면 기고만장해지는 후기지수들이 수두룩했고, 그들을 직접 만나 보기까지 했기에 곽두일은 새

삼 유하성이 대단하게 느껴졌다.

"저희들도 부탁드리고 싶습니다!"

"아이들처럼 저희 역시 대청표국에 뼈를 묻을 생각입니다!"

"그래서 지금까지 남아 있던 것이기도 합니다!"

곽두일을 따라 함께 온 두 명의 젊은 표사들이 앞다투어
소리쳤다.

이런 기회가 흔치 않다는 걸 둘 역시 너무나 잘 알았던 것
이다.

다른 곳도 아니고 자그마치 무당파의 제자이자 고수였기에
두 사람 다 유하성의 바짓가랑이라도 붙잡을 기세로 말했다.

"알겠습니다. 두 분도 같이 봐 드리죠. 그런데 세 분 다 단
단히 각오하셔야 합니다. 아마 장담컨대 지금까지 해 오던
수련 중 가장 힘들고 고통스러울 겁니다."

"강해질 수 있다면 어떻게든 견뎌 낼 수 있습니다. 더 이
상 무력감을 느끼고 싶지는 않습니다."

"그 마음이 끝까지 이어졌으면 좋겠습니다."

유하성이 진심을 담아 말했다.

부족함을 채운다는 건 말은 쉬웠지만 결과로 만들어 내기
란 더없이 힘들었다.

그걸 누구보다 본인이 잘 알고 있었기에 유하성은 부디 지
금의 마음가짐이 끝까지 이어졌으면 싶었다.

이른 아침부터 대청표국의 연무장에서는 곡소리가 연달아 터져 나왔다.

본격적으로 유하성이 무공을 봐주기 시작하자 다들 끙끙 앓기 시작했다.

그 정도로 유하성의 수련 방식은 혹독했다.

그런데 신기한 건 고통에 비해 몸에는 무리가 전혀 가지 않는다는 점이었다.

"쉴 시간 없습니다. 벌어진 차이를 따라잡기 위해서는 두 배, 네 배는 더 노력해야 합니다. 그래도 따라잡을까 말까 한 게 격차입니다."

"끄으응!"

"으아앗!"

냉정하지만 지극히 맞는 말에 널브러져 있던 표사들과 쟁 자수들이 이를 악물고 일어났다.

그러고는 각자에게 맞는 병기를 휘둘렀다.

지옥 같은 체력 훈련을 막 끝낸 상태이기에 무기를 들 힘조 차 없었지만 그럼에도 사람들은 악착같이 팔다리를 움직였다.

동기부여가 확실한 말에 몸이 저절로 움직이는 느낌이었다.

"으음."

그리고 그 모습을 멀리서 지켜보는 한 쌍의 시선이 있었다.

바로 백현승이었다.

그는 아주 복잡한 눈으로 무사부가 되어 표사들과 쟁자수들을 훈련시키는 유하성의 뒷모습을 하염없이 쳐다봤다.

"할 말이 있으면 해."

"아, 아셨어요?"

"그렇게 뚫어져라 쳐다보는데 시선을 못 느끼는 게 이상하지 않을까?"

"어……."

나무 뒤에 숨어서 고개만 빠끔 내밀어 훔쳐보던 백현승이 얼굴을 붉혔다.

이렇게 쉽게 들킬 줄은 몰라서였다.

"숨어서 볼 거면 잘 숨든가."

"……제가 아직 은신술은 배우지 못해서요. 따로 있지도 않고요."

"표사에게 필요한 무공은 아니지. 추적술이라면 모를까."

"그러니까요. 하하."

백현승이 어색하게 웃으며 다가왔다.

그러고는 누가 봐도 할 말이 있는 표정으로 유하성을 슬쩍슬쩍 훔쳐봤다.

"하고 싶은 말이 있으면 해. 내가 더 신경 쓰이니까."

"왜 저에게는 말씀 안 하세요?"

"뭘?"

유하성이 여전히 표사들과 쟁자수들에게서 시선을 떼지 않은 채로 대꾸했다.

엄한 눈으로 조금이라도 흐트러진 자세를 지적하면서 말이다.

그러나 아이들은 물론이고 표사들 중 누구도 불만을 토로하지 않았다.

오히려 어떻게든 유하성의 한마디를 더 소화해 내려고 노력했다.

"후, 훈련받을 생각 없냐고요. 아이들한테는 직접 물어보셨다면서요. 앞으로 대청표국의 대들보가 되게 만들어 주겠다면서. 그 말은 가장 가능성이 높다고 보셔서 그런 거 아니에요?"

"그 말인즉슨 왜 너만 쏙 빼놓았냐? 향후 대청표국의 기둥은 자신인데?"

"너무 적나라하긴 하지만 뜻은 그렇죠."

대놓고 인정하기에는 민망하다는 듯이 백현승이 얼굴을 붉혔다.

하지만 부정하지는 않았다.

괜히 그가 소국주라 불리는 게 아니었기 때문이다.

"나이에 어울리지 않게 참 당돌하단 말이지."

"기, 기분 나쁘세요?"

백현승이 눈치를 살폈다.

자신이 철저하게 을의 위치라는 걸 알아서였다.

그렇기에 백현승으로서는 유하성의 표정 변화에 일희일비할 수밖에 없었다.

"그건 아니고. 단지 네 의지를 알고 싶었을 뿐이지. 저 아이들은 각오가 있지만 넌 아니잖아?"

"어……."

"포기했던 거, 아니었나?"

유하성이 처음으로 백현승을 돌아봤다.

동시에 얼마 전 나누었던 대화가 떠올랐다.

그때 자신은 패배주의자처럼 현실을 받아들이고만 있었다.

어떻게 해도 미래는 변하지 않는다는 것처럼 말이다.

"맞아요. 그런데 형님이 말씀하셨잖아요. 보여 주시겠다고요."

"그랬었지."

"생각이 바뀌었어요. 저도, 해 보고 싶어요. 포기도 할 수 있지만 반대로 다시 마음을 바꿔 먹는 것도 가능하다고 생각해요. 아직 전 어리니까요. 아직 늦지 않았다고 생각해요."

한차례 심호흡을 하고서 백현승이 단번에 말을 쏟아 냈다.

마치 미리 준비한 것처럼 말이다.

그 모습에 유하성은 속으로 웃었다.

"늦지는 않았지. 빠른 것도 아니지만."

"그래도 기본기는 나름 잘 다졌다고 생각해요."

"전혀."

유하성이 단호하게 고개를 저었다.

나쁘지 않은 수준이었지 나름 잘 다져졌다고 말할 정도는 결코 아니었다.

"……너무 냉정해요. 제 상황도 감안해 주셔야죠."

"그건 다 핑계일 뿐이야. 그리고 흘러간 시간은 무슨 수를 써도 되돌아오지 않지."

"윽!"

심장에 차례대로 박히는 말들에 백현승이 신음을 흘렸다.

반박하고 싶어도 반박할 말이 전혀 떠오르지 않았다.

그 정도로 유하성의 말들은 하나같이 뼈아팠다.

"들어서 알고 있겠지만 내 훈련 방식은 아주 혹독해. 더욱이 자칭 대청표국의 기둥이 되어야 할 너이니만큼 더욱 혹독하게 가르칠 생각이고."

"죽지는 않겠죠?"

"매일매일 포기하고 싶다는 생각은 들겠지."

꿀꺽!

백현승의 두 눈이 격렬하게 흔들렸다.

지금의 말이 진담임을 알 수 있어서였다.

그러고 보니 유하성이 농담을 하는 걸 백현승은 본 적이 없었다.

"두려우면 포기해도 된다. 선택은 네가 하는 거니까."

"……할게요."

"뭐라고? 안 들리는데."

"하겠습니다! 막 굴려 주세요!"

"미리 말해 두는데, 엄청 힘들 거야. 넌 저 아이들과 신분이 다른 만큼 거의 모든 시간을 수련에 쏟아부어야 해. 네가 허송세월로 날려 보낸 시간까지 생각하면 말이지. 먹는 것, 자는 것, 뒷간에 가는 것까지 모든 걸 계획하고 하루의 모든 걸 오로지 수련에만 쏟아부어야 한다. 한 달, 반년, 일 년이 아니라 앞으로 내내. 할 수 있겠어?"

백현승의 몸이 떨렸다.

듣는 것만으로도 기가 질렸던 것이다.

하지만 이해가 안 가는 건 아니었다.

당장 유하성이 보여 주는 모습만 보더라도 구도자의 삶이나 마찬가지였다.

'범재가 천재를 따라잡기 위해서는 모든 걸 쏟아부어야 해. 아니, 저렇게 한다고 해도 따라잡을 수 있을 거란 보장이 없어.'

백현승의 두 눈에 독기가 서렸다.

천재들의 재능이 얼마나 눈부신지 너무나 잘 알아서였다.

하지만 지금은 예전처럼 막연하게 생각하지 않았다.

포기는 한 번이면 족했다.

"할 수 있습니다. 아니, 해내겠습니다!"

"도중에 포기하겠다는 마음가짐이면 차라리 하지 마. 그게 너에게도 나에게도 나은 일이니까."

"절대 포기하지 않겠습니다. 수련하다 죽을 각오로 할게요. 그러니 막 굴려 주세요!"

"흐음."

유하성이 미심쩍은 눈빛으로 백현승을 바라봤다.

나름 각오를 세운 듯하나 백현승의 나이 이제 겨우 열두 살이었다.

언제 결심이 바뀌어도 이상하지 않은 나이였기에 유하성은 곧바로 대답하지 않았다.

"정말 열심히 할게요. 변심하지 않을 거예요. 저는 대청표국의 소국주이니까요."

"각오가 그렇다면야. 아이들과 합류해."

"네!"

미리 챙겨 두었던 검을 들고서 백현승이 힘차게 대답했다.

그러고는 대청검법의 검로에 따라 휘두르기 시작했다.

뒤늦게 합류한 만큼 백현승은 더욱 열심히, 집중해서 대청검법을 펼쳤다.

대청표국의 정문 앞에 사두마차 한 대가 멈춰 섰다.

호위대처럼 하나같이 범상치 않아 보이는 기도를 가진 무사들을 이끌고서 말이다.

끼이익.

잠시 후 마차의 문이 열리며 네 명의 여인이 내려서자 문지기를 보고 있던 표사 한 명이 황급히 다가와 고개를 숙였다.

미리 연락이 오기도 했고, 마차에 달려 있는 깃발이 방문자를 알려 주었기에 표사는 정중히 포권을 했다.

"대청표국에 오신 걸 환영합니다."

"마차를 부탁해."

"예."

중년 미부의 말에 표사가 살짝 의외라는 표정을 지었다.

당연히 곧장 마차를 타고 정문을 지나칠 줄 알았는데 그러지 않아서였다.

게다가 태도 역시 소문과 달리 상당히 나긋했다.

"제가 안내해 드리겠습니다."

"부탁해."

제5장 대청표국을 찾아오는 이들

두 명의 표사 중 다른 한 명이 몸을 돌렸다.

앞장서서 안내하기 위해서였다.

잠시 후 여인을 비롯한 일행은 백기룡의 집무실이 있는 전각에 도착했다.

"들어가시지요."

"너희들은 여기서 대기해."

"예."

호위무사들에게 짧게 지시를 내린 중년 미부는 함께 마차를 타고 온 여인 셋과 함께 건물 안으로 들어갔다.

그러자 따라온 호위무사들이 매의 눈으로 주변을 살피기 시작했다.

혹시라도 있을지 모를 사고를 미연에 방지하기 위해서였다.

끼이익.

한편 호위무사들이 바짝 긴장한 것과 달리 삼십 대 중후반으로 보이는 중년 미부는 거침없이 집무실로 들어갔다.

하인이 문을 열어 주기 무섭게 망설이지 않고 발걸음을 옮겼던 것이다.

그런데 그녀의 당찬 모습에도 백기륭은 당황하지 않았다.

지금은 소원해졌다지만 과거에는 자주 만났던 여인이 바로 중년 미부였다.

"오래간만이군."

"그러게요. 저도 그렇고 오라버니도 그동안 정신없었으니까요."

"오랜만이로군. 그 호칭도."

"불편하시면 격식을 차려 드릴까요?"

"허허. 편한 대로 하게. 일단 앉지."

백기륭의 말이 끝나기 무섭게 중년 미부는 자리에 앉았다.

마치 자기 집처럼 편안한 얼굴로 말이다.

"이곳은 변한 게 없네요."

"무언가 변하기에는 그리 오랜 시간이 아니었으니까."

"십 년이 지나도 여긴 똑같을 것 같은데요."

찬찬히 실내를 둘러보며 중년 미부가 입을 열었다.

꽤 오랜만에 재방문했음에도 달라진 게 전혀 보이지 않았다.

어떻게 보면 성격대로 참 한결같다고나 할까.

"아들에게 물려주기 전까지는 똑같겠지."

"왠지 전대 국주님께서 사용하셨을 때도 이와 비슷했을 것 같은데요."

"맞네. 크게 달라진 건 없지. 그나저나 자네가 직접 방문할 줄은 몰랐는데 말이지."

차호를 들어 찻잔에 차를 따라 주며 백기륭이 운을 뗐다.

신변잡기는 건너뛰고 곧바로 본론으로 들어갔던 것이다.

그런데 그 말에도 중년 미부는 당황하지 않았다.

오히려 돌려 말하는 것보다는 지금처럼 직접적으로 묻는 게 그녀도 좋았다.

"강탈당한 표물을 아무 대가 없이 돌려주셨는데 당연히 와서 감사 인사를 드려야지요. 그게 예의이지 않을까요?"

"예의라."

"물론 저도 염치는 있어요. 그동안 왕래가 없다가 갑자기 방문한다고 했으니 오라버니께서도 놀라셨을 거라고 생각해요."

"별로."

백기륭은 어깨를 으쓱거렸다.

경쟁의 세계는 냉정했다.

어제의 친구가 오늘의 적이 되기도 하고 때론 그 반대의 일도 빈번하게 벌어졌다.

그렇게 생각하면 자연스럽게 연락이 끊긴 것 정도는 아무것도 아니었다.

"오라버니는 여전하시네요."

"고맙군. 그래도 오라버니라고 불러 주어서."

"서운해하셨다는 거 알아요. 그래서 사과도 드릴 겸 제가 직접 왔어요."

시종일관 당찬 기색을 유지하던 중년 미부가 살짝 미안한 표정을 지었다.

아무리 백봉표국의 국주로서 바빴다고 하나 그래도 연락 정도는 할 수 있었다.

그런데도 하지 않은 건 이유가 명백했기에 중년 미부는 고개를 숙였다.

"이해하네. 설 국주가 바쁜 건 나도 알고 있으니까."

"그래도 죄송해요. 제가 먼저 연락을 드렸어야 했는데……."

설혜상이 얼굴 가득 미안한 표정을 지으며 다시 한번 고개를 숙였다.

하지만 그런 그녀의 행동에도 백기룡은 손을 저었다.

그쯤 하면 되었다는 듯이 말이다.

"괜찮네. 국주가 바쁜 건 좋은 일이니까. 나 역시 그래서 따로 연락을 하지 않은 것이고."

"소식을 듣고 정말 다행이라고 생각했어요. 이제라도 무
당파가 나서 주었으니까요."

"나 역시 천만다행이라고 생각하네."

"이건 약소하지만 보답으로 가져온 선물이에요. 전대 국
주님께 드리면 좋을 것 같아서요."

"고맙게 받겠네."

설혜상은 말로만 감사 인사와 사과를 하지 않았다.

한마디 말로 백 냥 빚을 갚는다고 하지만 그것도 상황 나
름이었다.

어떤 말이냐도 중요했고.

그렇기에 설혜상은 물질적인 보답도 잊지 않았다.

"받아 주셔서 고마워요. 사실 거절하면 어쩌나 걱정했었
거든요."

"설 국주가?"

백기륭이 헛웃음을 흘렸다.

조마조마란 단어는 그녀와 어울리지 않았다.

복건성의 표국업계를 주름잡는 여장부가 바로 눈앞에 있
는 설혜상이었다.

여인의 몸으로 백봉표국을 물려받았고, 현재는 다섯 손가
락 안에 꼽힐 정도로 키워 낸 수완가가 바로 그녀였다.

"저도 여자예요."

"여인이긴 하지. 다들 그걸 깜빡해서 그렇지."

"그리고 서운해요. 예전에는 설 매라고 불렀으면서."

"그땐 어렸지. 상황도 지금하고 많이 달랐고."

설혜상의 애교에도 백기륭은 미동도 하지 않았다.

그저 담담히 웃으며 차를 들이켰다.

"저는 다르지 않다고 생각해요. 과거와 마찬가지로 지금
도 이렇게 마주 앉아 있으니까요. 또 둘 다 여전히 각자의 표
국을 이끌고 있고."

"조카가 많이 자랐군. 마지막으로 봤을 때는 꼬마였었는
데."

백기륭의 시선이 설혜상의 옆에 얌전히 앉아 있는 여인에
게로 향했다.

그의 기억에 꼬마 아이로 남아 있던 여자애가 지금은 활짝
핀 여자가 되어 있었다.

미모 역시 설혜상을 고스란히 닮아 아주 빼어났다.

"오랜만에 인사드려요."

"그래그래."

"아이들은 빨리 자라니까요."

설혜상이 어색하게 웃었다.

세월이 많이 흘렀음을 백기륭이 주지시키는 것임을 알 수
있어서였다.

그리고 그건 달리 말하면 과거와는 둘의 사이가 달라졌음

을 표현하는 것이기도 했다.

"맞아. 현승이도 엄청 빨리 자랐으니까."

"많이 늠름해졌겠네요."

"이제 겨우 열두 살인데."

"앞으로는 정말 많이 달라질 거라고 생각해요. 오라버니도, 대청표국도, 현승이도요. 지금 복주에서 가장 많이 거론되는 곳이 오라버니와 대청표국인 건 알고 계시죠?"

설혜상이 은근슬쩍 백기륭과 대청표국을 치켜세웠다.

남녀노소를 막론하고 칭찬을 싫어하는 사람은 없었다.

더욱이 안 좋은 일이 아니고 좋은 일로 회자되는 것이니만큼 설혜상은 자연스럽게 분위기를 부드럽게 만들고자 했다.

그래야 좀 더 깊고 친밀한 대화를 나눌 수 있을 테니까.

"듣자 하니 그런 것 같더군."

"그래도 가장 먼저 찾아온 사람은 저일걸요?"

"그건 맞지."

"저는 믿고 있었어요. 혹시라도 오라버니께 부담이 될까 싶어 겉으로 티는 내지 않았지만요."

"고맙군."

빈말이지만 백기륭은 웃으며 받아 주었다.

설혜상이 이해타산적이긴 해도 뒤에서 욕하거나 작당모의를 하는 성격은 아니었다.

단지 바쁘기도 하고 대청표국이 다시 일어서기가 힘들다

고 판단했기에 자연스레 기억에서 잊었을 가능성이 컸다.

그러다가 빼앗긴 표물을 돌려받으면서 유하성에 대한 얘기를 듣고 한달음에 달려온 터였다.

'목적은 내가 아닐 테지.'

누구보다 머리 회전이 빠르고 계산적인 게 앞에 앉은 설혜상이었다.

그렇기에 백기룡은 그녀가 온다는 인편을 보내자마자 자신이 목표가 아니라는 걸 알아차렸다.

"했던 말이지만 강탈당한 표물을 돌려주셔서 정말 감사해요. 혹시 제가 도와드릴 일이 있다면 가감 없이 말씀해 주세요. 제가 할 수 있는 일이라면 무조건 해 드릴게요. 제 이름을 걸고요."

"아직은 없네. 지금은 신용을 회복하는 데 우선을 두고 있어서."

"혹시 일감이 없으시다면 저희가 조금 나눠 드릴까요? 이렇게라도 보답을 하고 싶어서요."

설혜상이 조심스럽게 운을 뗐다.

어떻게 보면 주제넘다고 받아들일 수도 있는 사안이었기에 설혜상은 큰 눈으로 백기룡의 눈치를 살폈다.

절대 그의 심기를 불편하게 만들 의도가 없다고 표정으로 말하는 것처럼 말이다.

"괜찮네. 다행히 일감이 하나둘 들어오고 있어서 말일

세. 예전과 비교할 정도는 아니지만 그래도 물꼬는 튼 수준
이라."

"정말 다행이에요. 오라버니도 들으셨겠지만 군호표국의
횡포가 점점 도를 지나치고 있어요. 그래서 다들 우려를 표
하는 중이에요. 지금도 이 정도인데 앞으로는 더 심해질 게
분명하니까요. 그런데 정말 시기적절하게 유 공자님이 나타
나셔서 얼마나 다행인지 몰라요."

"······?"

백기룡이 두 눈을 살짝 크게 떴다.

이 문제와 유하성이 무슨 연관인가 싶어서였다.

"유 공자님이 오셨다는 건 무당파가 관여할 여지가 있다는
뜻이니까요. 군호표국을 밀어주는 군룡도문(群龍刀門)이 복건
성에서 제일 강성하다고 하나 그래 봤자 중원에서 치면 변방
의 무문에 불과하잖아요. 무당파와는 감히 비교할 수 없죠.
아마 군호표국주의 머리가 상당히 복잡해졌을 거예요. 다른
곳도 아니고 무당파니까요."

"틀린 말은 아닌데, 그렇다고 무조건 관여할 거라고 장담
하는 것은 좋지 않아."

"그건 저도 알죠. 무당파에 속해 있는 속가문파들이 얼마
나 많은데요. 그들 전부를 무당파가 일일이 챙기는 건 불가
능하죠."

"맞네."

백기룡이 씁쓸한 어조로 대답했다.

전부를 챙기는 게 말처럼 쉽지 않다는 걸 잘 알아서였다.

대놓고 차별은 하지 않지만 차이는 있을 수밖에 없었다.

그리고 그 차이를 대청표국은 그동안 절절하게 느꼈었고.

"근데 중요한 건 무당파의 제자가 대청표국을 돕기 위해 왔다는 거죠. 이게 중요한 거예요."

"진산제자도 아닌데?"

유하성이 무당파의 속가제자라는 사실은 이미 복주 저잣 거리에 널리 알려져 있었다.

본인도 숨기려 하지 않았고 대청표국 역시 마찬가지였다.

굳이 숨겨야 할 이유도 없었고.

오히려 유하성은 그동안 무당파가 방치 아닌 방치를 하고 있었기에 스스로 말하고 다니는 편이었다.

조금이라도 대청표국에 도움이 되었으면 하는 마음에.

다른 곳은 몰라도 대청표국은 자격이 있었다.

"속가제자이지만 평범한 속가제자는 아니잖아요? 혼자서 복건성에서 제일 강력한 산채 다섯 개 중 무려 세 개를 박살 냈으니까요. 현재 복건성에서 그게 가능한 이는 몇 없어요. 천하의 군룡도문도 섣불리 시도하지 못할걸요."

설혜상의 두 눈이 초롱초롱해졌다.

직접적으로 말은 하지 않았으나 그녀가 바라는 바가 무엇 인지는 눈빛으로 선명하게 전해졌다.

백기륭이 생각하기에도 대청표국을 찾은 가장 큰 목적이 바로 그것일 터였고.

　"쉽지 않은 일이긴 하지."

　"역시 무당파인 것 같아요. 나이가 그리 많지 않은 걸로 알려져 있는데."

　"다 조사해 왔으면서 모른 척은."

　"호호호. 너무 잘 아는 티를 내면 뒷조사를 하는 것 같잖아요. 그래서 말인데 한번 뵐 수 있을까요? 유 공자님에게도 감사 인사를 하고 싶은데."

　"흐음."

　설혜상이 드디어 진짜 용건을 꺼냈다.

　소문은 무성하지만 직접 마주친 이들은 얼마 없었다.

　그마저도 저잣거리를 한두 번 둘러본 게 다였기에 그녀는 이참에 유하성이라는 인물을 직접 만나 보고 싶었다.

　"안 될까요?"

　"안 된다기보다는 아무래도 우리에게도 손님이다 보니 내가 이래라저래라할 수 없어서 말이지."

　"자리만 주선해 주세요. 정말 감사 인사를 드리고 싶어서 그래요."

　"그건 아닌 것 같네만."

　백기륭이 피식 웃으며 그녀의 옆에 앉은 설소연을 쳐다봤다.

　정말 감사 인사를 하려는 게 목적이라면 굳이 설소연을 데

려올 필요가 없었다.

아무리 설소연이 후계자 수업을 받는다고 하더라도 말이다.

"소연이는 오라버니께 오랜만에 인사시켜 드리려고 데려온 거예요. 일을 하나둘 물려받고 있거든요."

"그런가."

"더불어 군호표국을 견제하기 위해 논의할 것도 있었고요. 순수하게 실력과 능력으로 복건제일표국이 된다면 모를까 현재 군호표국은 여러 가지로 께름칙한 부분이 많잖아요."

의외로 선뜻 주선해 주지 않는 백기룡의 모습에 설혜상이 한발 물러났다.

이런 쪽으로는 눈치가 비상했기에 절대 무리하게 요구하지 않았다.

꼭 백기룡의 소개를 받아야 하는 것도 아니었고 말이다.

"견제라."

"오라버니도 아시잖아요. 군호표국이 정도를 표방해도 뒤로는 구린 구석이 상당히 많다는 것을요."

설혜상의 눈매가 날카로워졌다.

대청표국과 마찬가지로 백봉표국 역시 알게 모르게 군호표국에게 피해를 받은 모양이었다.

"하지만 증거가 없지."

"혹시 나온 게 없나요?"

설혜상이 슬쩍 물었다.

눈치 빠른 그녀답게 넌지시 찔러봤던 것이다.

그러나 순박하다고 해서 미련한 건 아니었다.

백기룡은 묘한 미소를 지으며 어깨를 으쓱거렸다.

"그리 쉽게 흔적을 남겼을까."

"흐음."

알쏭달쏭한 대답에 설혜상이 눈을 흘겼다.

하지만 독촉하지는 않았다.

그간 소원해졌던 관계를 생각하면 이런 반응이 당연했다.

또한 어느 정도 예상했던 것이기도 했고.

"일단 오라버니께서도 견제할 필요성은 있다고 생각하시죠?"

"물론이네. 어떻게 보면 대청표국이 이렇게 무너진 데에는 군호표국의 횡포도 있으니까."

"다들 비슷한 생각이에요. 그래서 대가 없이 강탈당한 표물을 돌려주신 거 아니에요?"

"그건 유 공자님의 뜻이었네. 나 역시 같은 생각이었고. 그리고 내가 어찌 대가를 바랄 처지인가."

백기룡이 빙긋 웃었다.

아무리 몰염치한 이들이 넘쳐 난다지만 그는 아니었다.

그렇기에 백기룡은 이득을 챙기기보단 유하성의 의견을

존중했다.

멀리 보면 그게 맞다고 생각했고 말이다.

"오라버니도 참, 여전하시네요."

"성격이 이런 걸 어쩌겠나. 그래서 식구들에게 참 고맙고, 미안하다네. 그리고 앞으로는 조금씩이라도 달라질 생각이고."

"그건 잘하신 것 같아요."

"일단 자리를 만드는 건 유 공자님께 물어보겠네. 유 공자님의 의사도 중요하니."

"네."

이 정도만 해도 나쁘지 않았기에 설혜상은 고개를 끄덕였다.

첫술에 배가 부르길 바란다면 그건 장사치가 아니라 사기꾼이었다.

그렇기에 설혜상은 마지막까지 웃는 표정을 유지했다.

"으어억!"

"허억! 헉!"

"주, 죽겠다."

"말 걸지 마. 말할 힘도 없어……."

쟁자수들은 물론이고 표사들도 창백해진 안색으로 숨을 몰아쉬었다.

그 정도로 다들 손가락 하나 까딱할 힘이 없다는 듯이 널 브러져 있었다.

"어떻게 형님은 땀 한 방울 안 흘리세요?"

"늘 이 이상 수련하니까."

"형님은 진짜 도인이 되셨어야 해요. 진산제자가 딱인데. 형님의 하루 일과를 보면 진짜 구도자나 다름없어요."

쟁자수들과 마찬가지로 땀범벅인 채로 땅바닥에 엎어져 있던 백현승이 질린 표정으로 말했다.

단순히 지도만 한 게 아니라 다 같이 대련을 했음에도 유 하성은 호흡 하나 흐트러지지 않았다.

심지어 곽두일을 비롯한 표사들은 내공까지 전부 사용했 음에도 불구하고 말이다.

"말했지? 웬만한 각오가 없다면 천재들을 따라잡을 생각 을 하면 안 된다고."

"이렇게나 처절할 줄은 몰랐어요……."

"힘들 거라고 했잖아."

"듣는 거하고 직접 겪는 거하고는 완전히 다르니까요."

백현승이 울상을 지었다.

이제 겨우 며칠이 지났을 뿐이지만 백현승은 현세의 지옥 을 느끼고 있었다.

평화로운 삶에서 죽음을 옆에 끼고 살아야만 하는 지옥에 떨어진 느낌이라고나 할까.

그 정도로 유하성의 훈련은 혹독하고 악랄했다.

"그래서 포기하려고?"

"남아일언 중천금인데 어떻게 그래요."

"포기한다고 하면 불알을 떼어 버리려고 했는데."

"협!"

진심이 담긴 어조에 백현승이 식겁한 표정을 지으며 반사적으로 아랫도리를 가렸다.

검객으로서 절대 검을 놓지 말아야 하지만 지금은 예외였다.

남자에게 있어 그 무엇과도 바꿀 수 없는 것 중에 하나가 바로 '그것'이었다.

"어린 녀석이 벌써부터 챙기기는."

"저, 저는 가문의 대를 이어야 한다고요! 외동아들이에요!"

"한 입으로 두말하면 사내대장부가 아니지."

"그래서 열심히 하고 있잖아요……."

백현승의 안색이 시커메졌다.

그 정도로 그의 삶은 팍팍해졌다.

수도승과 구도자의 삶을 열두 살에 실천하고 있었다.

심지어 음식도 마음대로 먹지 못했다.

"열심히만 하고 있지."

"이러다가 표국이 아니라 도가문파가 될 거 같아요."

"재능의 그릇을 키우는 게 쉬울 줄 알았어?"

"그래도 이 정도일 줄은 몰랐죠."

백현승의 중얼거림에 널브러져 있던 표사들이 고개를 끄덕였다.

유하성의 지도를 받은 후 매일같이 마셨던 술을 입에 대지도 못했다.

"이 정도 가지고 죽는소리라니."

"형님이 대단하신 거예요."

"이렇게 해도 따라잡을까 말까 한다는 건 모르지?"

"못 따라잡으면 억울해서 죽을 것 같아요."

"참나."

유하성이 헛웃음을 흘렸다.

힘들다면서 어째 한마디도 지지 않았다.

다른 아이들은 말할 힘도 없어서 숨만 쉬고 있었는데 말이다.

"안녕하세요?"

말이 지도 대련이지 모두 극한까지 몰아붙였기에 유하성도 일어나라고 독촉하지 않았다.

수련도 중요하지만 그 못지않게 중요한 게 휴식이었다.

잘 쉬어 주는 것도 능률을 올리는 방법 중 하나였기에 유하성은 전원 다 편히 쉬도록 내버려 두었다.

그런데 그때 연무장으로 낯선 이들이 들어왔다.

"백봉표국주님······?"

연무장의 상황을 살피듯이 조심스럽게 다가온 이들을 본 곽두일과 표사들의 눈이 휘둥그레졌다.

생각지도 못한 이들의 등장에 깜짝 놀란 것이었다.

그리고 그 말에 백현승을 비롯해서 쟁자수들이 자리에서 벌떡 일어났다.

요즘 들어 대청표국에 손님들이 많이 찾아온다고 하지만 백봉표국주인 설혜상은 급이 달랐다.

"아, 안녕하십니까!"

갑작스러운 설혜상의 등장에 표사들은 물론이고 쟁자수들도 황급히 일어나 인사했다.

한 표국의 수장이니만큼 예의를 다한 것이었다.

"다들 반가워요."

그런 표사들과 쟁자수들의 인사에 설혜상이 싱긋 웃어 보이며 받아 주었다.

하지만 그녀의 시선은 이내 다시 유하성에게로 향했다.

애초의 목적이 유하성이었던 만큼 설혜상은 빠르게 살펴봤다.

"그런데 이곳에는 어쩐 일로 오셨는지요?"

"파산권 대협을 직접 뵙고 싶었거든. 아, 혹시 별호가 생긴 걸 모르시려나?"

정중하게 물어 오는 곽두일에게 짧게 대답한 설혜상이 부드럽게 웃으며 자연스럽게 눈을 맞추었다.

그러나 중년임에도 미모가 사라지지 않은 그녀의 눈빛에도 유하성의 눈동자는 미동이 없었다.

"처음 듣습니다."

"복건성에서 유명한 산채들을 박살 내서 파산권이라고 부르는 것 같더라고요."

"그런가요."

평범하지 않은 미색에 중년의 원숙함까지 품고 있음에도 유하성의 표정은 변함이 없었다.

고작 여인의 미모 정도로는 흔들리지 않는다는 듯이 말이다.

오히려 유하성의 눈동자에는 의문이 서려 있었다.

이곳이 개인 연무장이 아니라고 하나 대청표국의 표사들이 사용하는 연무장인데 아무리 백봉표국의 주인이라고 하나 말도 없이 들어와도 되나 싶었다.

"역시 소문에는 크게 관심이 없으신 모양이네요."

"그저 흘러 다니는 말들일 뿐이니까요. 그런데 여기에 계셔도 되는 겁니까?"

"때마침 휴식 중이라는 이야기를 들어서요. 수련 중이라면 실례를 범하는 것이겠으나 다행히 휴식 중이라고 하셔서

조금 욕심을 내 보았습니다. 유 공자님을 꼭 한번 뵙고 싶었
거든요."

"저를 말씀이십니까?"

"네."

설혜상은 두 눈을 반짝거렸다.

생각했던 것과 다르게 너무나 평범한 모습이었지만 그녀
는 겉모습에 현혹되지 않았다.

비범함이 극에 달하면 평범해진다는 걸 잘 알아서였다.

오히려 무인들은 평범해지는 게 더 어려웠다.

'복건성에서 다섯 손가락 안에 드는 산채 세 곳을 박살 낸
무인이 평범할 리가 없지.'

고수다운 기도가 전혀 느껴지지 않았으나 설혜상은 그게
이상하다고 생각하지 않았다.

세 곳을 혼자 뭉개 버린 무인의 경지를 자신이 가늠할 수
있을 리 없었다.

그러니 제대로 보이지 않는 게 당연했다.

"저에게 용무가 있으십니까?"

"직접 감사 인사를 드리고 싶어서요. 백 국주님께 자초지
종을 들었거든. 표물을 돌려받았는데 아무 인사도 하지 않
는 건 예의가 아니기도 하고요. 저는 그렇게 몰염치한 사람
은 아니랍니다. 아, 이 아이는 제 후계자입니다. 현재 본 표
국의 소국주를 맡고 있답니다."

"처음 뵙겠습니다. 설소연이라고 합니다."

설혜상과 함께 있던 설소연이 공손하게 고개를 숙였다.

그러고는 호기심이 가득한 눈빛으로 유하성을 쳐다봤다.

여러모로 예상 밖의 모습에 놀란 기색이었다.

"유하성이라고 합니다."

반면에 설소연의 인사에도 유하성은 덤덤히 포권을 했다.

복건성에서 미녀로 유명한 설소연임에도 유하성은 조금의 표정 변화가 없었다.

넋이 나간 백현승과 아이들, 표사들과는 다르게 말이다.

"저도 국주님처럼 유 공자님을 꼭 뵙고 싶었어요."

"그렇습니까."

"정말 엄청난 일을 하셨으니까요. 게다가 저희가 강탈당한 표물을 되돌려주시기도 했고."

"만약 저희의 도움이 필요한 일이 있으시다면 언제라도 말씀해 주세요. 찾아오셔도 되고요. 백봉표국은 언제나 열려 있답니다."

설혜상이 조심스럽게 말을 이었다.

은근슬쩍 여지도 두면서 말이다.

물론 크게 기대하지는 않았다.

유하성이 명운 진인의 제자인 걸 알기에 영입이 힘들다는 건 알았다.

그러나 중요한 건 친분이었다.

유하성 정도 되는 고수와 인연을 맺어서 나쁠 건 전혀 없었다.

'속가제자임에도 도사 같은 느낌을 풍기는 건 의외지만. 강호초출이라 그런가?'

복주에 등장한 지 얼마 되지 않았음에도 유하성에 대한 정보는 상당히 많이 알려져 있었다.

일단 지금까지 보여 준 행보가 충격적이기도 했고, 대청표국도 정보를 굳이 통제하려 하지 않았다.

현재는 그럴 여력이 되지 않았고.

다만 반등하리란 건 모두가 알고 있었다.

"기억해 두겠습니다."

"저는 원한도 잊지 않지만 은혜도 잊지 않아요. 그러니 부담 없이, 언제라도 찾아와 주세요. 그럼."

설혜상은 고개를 꾸벅 숙여 인사한 후 몸을 돌렸다.

더 있어 봤자 안 좋은 인상만 준다는 걸 알아차리고는 황급히 물러난 것이었다.

"정말 바람처럼 왔다가 바람처럼 가시네요."

"눈치가 빠르네."

"평소와는 다르네요. 되게 여장부 같은 성격이신데."

"사람 봐 가면서 그러는 거겠지. 자, 수련 시작하자. 다들 회복된 거 같은데."

하나같이 일어서 있는 이들을 보며 유하성이 씨익 웃었다.

반대로 표사들과 아이들의 표정은 삽시간에 일그러졌다.

백봉표국의 등장으로 꿀맛 같은 휴식 시간이 날아가서였다.

"으으. 좀만 더 쉬면 안 돼요?"

"그럼 평생 쉬든가."

"우우!"

유하성의 말에 아이들이 입을 쭉 내밀었다.

그러나 반항하는 이는 없었다.

매정해서 그렇지 틀린 말은 아니어서였다.

"어떤 거 같아?"

"평범했어요. 그래서 더 특별해 보였고요."

"제대로 봤네."

한편 연무장을 나온 설혜상은 조카인 설소연의 대답에 흡족한 표정을 지었다.

비범함이 극에 달하면 평범해진다는 말은 격언처럼 모두가 알고 있었다.

그러나 그걸 제대로 이해하고 볼 줄 아는 이는 드물었다.

괜히 안목이 나이를 어느 정도 먹어야 생기는 게 아니었다.

"어느 정도일까요?"

"글쎄. 나도 무공을 익히긴 했지만 고수라고 불릴 정도가 아니라서 제대로 가늠할 수는 없지만 그래도 혼자서 산채 세 개를 무너뜨릴 정도면 복건성에서 열 손가락 안에 꼽힐 정도이지는 않을까?"

"너무 고평가하시는 건 아닐까요?"

설혜상과 나란히 걸으며 설소연이 고개를 갸웃거렸다.

분명 혼자서 산채 세 개를 박살 낸 건 대단한 일이었다.

그러나 복건성에서 열 명 안에 들어갈 정도라고는 생각하기 힘들었다.

"반대로 생각해 보자고. 파산권이 무너뜨린 산채 세 곳을 혼자서 박살 낼 수 있는 무인이 누가 있을까?"

제6장 묻고 두 배로 가!

"으음."

설소연이 비음을 흘렸다.

이렇게 말하니 딱 떠오르는 이가 진짜 얼마 없어서였다.

확실하다고 생각되는 이는 다섯 명 정도였고, 나머지는 애매모호한 이들이 대여섯 명 정도 되었다.

"정확히 말하면 '상처 하나 없이 때려 부술 수 있는 무인'이야."

"그렇게 따지면 확실히 몇 없기는 하네요. 귀호채만 하더라도 복건성을 넘어 강서성에도 악명이 전해질 정도이니까요."

"괜히 우리가 빨리 회수하지 못한 게 아니야. 할 수는 있지만 금액이 허무맹랑해서 되찾지 못한 거지."

"서른 안팎의 나이에 복건성에서 열 손가락 안에 드는 무인이라. 확실히 무당파는 무당파네요."

설소연이 사뭇 대단하다는 표정을 지었다.

소문을 들었을 때도 굉장하다는 생각은 들었지만 이렇게 생각해 보니 확실히 인물은 인물이었다.

"괜히 무당파가 구대문파의 수좌에 꼽히는 게 아냐. 소림사에 밀려서 이 인자의 자리에 있지만 그 말은 언제라도 최고가 될 수도 있다는 뜻이니까. 그런데 문제는 파산권도 중원 전체에서 놓고 보면 한 손에 꼽히는 기재가 아니라는 거지."

"구룡삼화(九龍三花)를 말씀하시는 거죠?"

"맞아. 세상은 넓고 천재라 불리는 괴물들은 많지. 파산권도 상당한 수준인 건 맞지만 그 정도는 아닐 거야. 그랬다면 무당파에서 혼자 내보내지는 않겠지. 재능 있는 속가제자들은 많았지만 진산제자를 뛰어넘는 경우는 극히 드물기도 하고."

"복건성에서는 손꼽히지만 중원 전체를 놓고 보면 애매하단 말씀이시네요."

"그래도 대단한 거야. 저 나이에 저 정도 실력과 무명을 얻는 게 보통은 아니니까. 그리고 갑자기 치솟은 무명처럼 위험한 것도 없고."

설혜상이 의미심장하게 웃었다.

명성은 분명 좋은 것이지만 때로는 그로 인해 목숨을 잃기도 했다.

물론 오늘 본 유하성은 명성에 매몰될 성격으로 보이지는 않았으나 모든 문제는 꼭 내부적인 것만 존재하지 않았다.

외부적인 문제로 명을 달리하는 경우도 많았다.

"저도 그렇게 생각해요. 군호표국이 이대로 가만히 있지도 않을 테고요."

"맞아. 이제 좀 판을 볼 줄 알게 되었구나. 그리고?"

"어느 쪽이든 우리로서는 나쁘지 않고요."

"후후후!"

설혜상이 얼굴 가득 흡족한 미소를 머금었다.

남들은 지극히 계산적이라고 손가락질할지 모르나 여인의 몸으로서 수많은 이들을 이끌려면 어쩔 수 없었다.

자신의 선택 하나에 적게는 수십 명, 많게는 수백 명이 죽거나 거리에 내앉을 수도 있었다.

그렇기에 그녀로서는 백봉표국에 이득이 되는 쪽으로 생각할 수밖에 없었다.

"국주님이 보시기에는 어떠셨어요?"

"네가 말한 그대로야. 어느 쪽이든 나로서는 나쁘지 않지. 이겨 낸다면 더 좋고. 그게 쉽지는 않겠지만."

"힘들 거라 보시는군요."

"그래도 응원은 할 거야. 너무 꼴 보기 싫거든. 복건제일 표국이라고 하나 그래 봤자 변방에서 일등인데."

설혜상의 표정이 삽시간에 구겨졌다.

군호표국의 얄미운 술수들이 떠오른 모양이었다.

기고만장해하는 것도 마음에 들지 않고 말이다.

"우리는 안 그러면 되죠."

"맞아. 우선은 복건성에서 제일 큰 표국부터 되어야 하겠지만. 내가 너에게 물려줄 때는 적어도 두 번째 자리에 있도록 만들어 주마."

"제가 꼭 복건성 최고로 만들게요."

"그래. 그 각오면 되었다."

설혜상이 흡족한 얼굴로 고개를 주억거리고는 마차에 올라탔다.

대화하는 사이 어느새 세워 둔 마차에 도착한 것이었다.

스윽.

설혜상에 이어 마차에 오르던 설소연이 멈칫거렸다.

그러자 문을 열고 대기하고 있던 여자 호위무사와 시비가 눈을 살짝 크게 떴다.

마차에 한 발을 걸친 후 멈춰 서자 의아했던 것이다.

하지만 설소연은 그런 두 사람의 시선을 느끼지 못한 듯 등 뒤로 보이는 대청표국을 지그시 응시했다.

'만약 국주님의 예상보다 더 뛰어나면 어떻게 해야 하지?'

설소연은 문득 이런 생각을 들었다.

안목이 뛰어나기로 소문이 자자한 설혜상이었지만 언제나 그녀가 맞는 건 아니었다.

그렇기에 설소연은 혹시나 하는 마음이 들었다.

만약 자신이나 설혜상이 유하성을 과소평가한 건 아닌가 하는.

"놓고 오신 물건이 있으십니까?"

"아니에요. 잠시 생각할 게 있어서요. 타요."

"네, 소국주님."

조심스레 물어 오는 호위무사의 말에 설소연은 고개를 한 차례 흔들며 마차에 올라탔다.

잠시 후 호위대와 함께 사두마차가 대청표국을 나섰다.

오전 훈련을 마친 유하성은 자신의 거처에서 두 눈을 감고 있었다.

명상을 하며 스스로를 관조하는 것이었다.

육체 단련도 중요하지만 스스로를 돌아보는 것 또한 중요했다.

더불어 앞으로의 일정에 대해서도 충분히 생각해야 했다.

'언제까지나 대청표국에 머무를 수는 없으니까.'

사부에게 받은 사랑과 가르침에 대한 보답을 하기 위해 유하성은 대청표국에 왔다.

그러나 이곳에 뼈를 묻을 생각은 없었다.

속가제자라 꼭 무당산에 돌아가야 하는 건 아니었으나 그렇다고 계속 대청표국에 머무를 필요는 없었다.

사부 역시 그걸 바라지 않을 테고.

똑똑똑.

"형님? 저 현승입니다."

"들어와."

"헤헤. 제가 방해한 건 아니죠?"

조심스레 문을 열고 방 안으로 들어온 백현승이 눈치를 살폈다.

자기 관리가 철저한 유하성이 방해받기 딱 좋은 시간대에 중요한 수련을 할 것 같지는 않지만 그래도 혹시 몰라서였다.

고수들에게는 깨달음이 부지불식간에 찾아온다고 했기에 백현승은 혹시나 하고 물었다.

"이유가 있으니 먼저 찾아왔겠지?"

"역시 형님은 눈치도 빠르십니다. 산속에서 수련만 하셨는데 어떻게 그렇게 눈치가 빠르세요?"

"무당산에서 태어난 건 아니니까. 무당파에 입문한 건 일곱 살 때였어. 그 전에는 빈민가에서 쉽게 볼 수 있는 고아

출신 거지였지."

"굳이 그런 슬픈 사연은 밝히지 않아도 되는데……."

백현승이 슬그머니 고개를 틀며 중얼거렸다.

친해지고 싶은 건 사실이지만 그렇다고 안 좋은 과거를 듣고 싶지는 않았다.

꺼낸다는 건 다시 떠올린다는 말과도 같았기에 좋지 않은 과거는 그대로 잊어버리는 게 가장 좋다고 생각해서였다.

"난 안 슬픈데?"

"아, 그래요?"

"응. 힘들었던 때가 있으니까 좋았던 시절을 알 수 있는 거지."

"확실히 생각하시는 게 남다르세요."

"도사 같지 않다는 말이지?"

유하성이 피식거렸다.

남다른 건 백현승 역시 마찬가지였다.

모두가 그를 어려워할 때 유일하게 백현승만이 스스럼없이 다가왔다.

지금은 너무 능글맞아서 징그러웠고.

"역시 형님은 찰떡같이 알아들으시는 거 같아요."

"넌 좀 징그럽고."

"헐. 어떻게 그런 말을. 저 상처받았어요."

"퍽이나."

유하성이 코웃음을 치며 자리에서 일어났다.

그러자 백현승도 표정을 가다듬었다.

"군룡도문에서 사람이 찾아왔어요. 정확하게는 형님을 요."

"역시 그렇게 나오는 건가."

"어? 예상하셨어요?"

방금 전까지만 해도 한없이 가벼워 보였던 백현승이 무게를 잡았다.

그 정도로 군룡도문의 방문은 뜻밖이어서였다.

한데 유하성은 마치 예상했다는 투였다.

"무림의 방식이니까. 그래서 군호표국이 아니라 군룡도문이 나선 것이고."

"어……."

이해가 안 간다는 듯이 백현승이 고개를 갸웃거렸다.

유하성은 그런 백현승의 머리를 쓰다듬으며 출입문으로 걸어갔다.

"간단해. 군호표국은 대청표국이 다시 일어서는 걸 원치 않지. 경쟁자는 적으면 적을수록 좋으니까. 그런데 다 무너져 가던 대청표국이 회생할 기미가 보이네? 그럼 어떻게 해야 할까?"

"……싹을 잘라 내고 싶겠죠. 형님의 말씀대로 경쟁자는 없으면 없을수록 좋으니까요."

"맞아. 그리고 지금 가장 큰 골칫덩이는 나지."

"설마?"

백현승의 동공이 커졌다.

여기까지 말해 주자 하나의 결론에 도달해서였다.

"물론 아닐 수도 있고. 내가 너무 앞서 생각하는 걸지도 모르지. 그러니 한번 만나 봐야지. 날 만나러 여기까지 왔다는데. 개인적으로 궁금하기도 하고 말이지."

유하성이 의미심장한 표정을 지었다.

무사부라 불리며 표사들과 쟁자수들을 가르치고 있지만 그는 무인이었다.

도인이 아닌 무인이었기에 사실 산적들은 상대했어도 별로 감흥은 없었다.

하지만 복건성에서 제일이라는 군룡도문은 무문이었기에 내심 기대가 되었다.

"무슨 일이 벌어져도 저는 항상 형님 편이에요. 아니, 무사부님 편입니다!"

"호칭은 하나로 통일해."

"지금 그게 중요한가요? 막말로 싸우러 온 걸지도 모르는데!"

"그럴지도 모르지."

"아이고!"

백현승이 답답하다는 듯이 가슴을 탕탕 두드렸다.

상황이 심상치 않게 흘러가고 있는데도 너무 태평한 거 같아서였다.

"별일 없을 거다. 적어도 나와 대청표국에는 말이지."

"아버지도 저와 같은 생각일 거예요. 저희는 무조건 형님 편입니다!"

"그래그래."

갑자기 흥분하는 백현승의 머리를 쓰다듬으며 유하성은 발걸음을 옮겼다.

굳이 안내해 주지 않아도 사납게 일렁이는 기파가 손님들이 어디에 있는지 알려 주었다.

또르륵.

접객실로 안내받은 냉막한 인상의 중년인이 조용히 앉아 있었다.

그 앞에는 대청표국주인 백기룡이 있었으나 중년인은 짧은 인사 후 아무 말도 하지 않았다.

대신 그를 보필하기 위해 함께 온 군룡도문의 흑룡대(黑龍隊)의 부대장과 조장들이 비릿한 미소를 지으며 주변을 살펴보고 있었다.

몰락한 현실을 보여 주듯이 접객실임에도 허름하기 짝이

없어서였다.

똑똑똑.

"국주님. 유 공자님께서 도착하셨습니다."

"오셨는가. 안으로 모시거라."

"예."

인사 이후 별다른 대화가 없었기에 무거운 적막감만 감돌고 있었는데 그때 문 너머에서 하인의 목소리가 들렸다.

잠시 후 문이 열리는 소리와 함께 두 개의 인기척이 네 사람에게 느껴졌다.

"제가 직접 무사부님을 모시고 왔습니다, 국주님."

"고생했구나."

유하성과 함께 접객실을 찾은 백현승이 굳은 표정으로 손님들을 살폈다.

하나같이 날카로운 기세를 흩뿌리는 게 누가 봐도 고수라는 걸 알 수 있었다.

대청표국에서는 보기 힘든 고수 말이다.

'흑룡대!'

특히 백현승은 세 장한의 가슴에 수놓아진 한 글자를 보고는 두 눈을 부릅떴다.

흑룡대는 군룡도문에서 최강의 무력 부대는 아니지만 가장 까다롭기로 소문난 부대였다.

어떤 이들은 군룡도문 최고의 부대인 백룡대보다 흑룡대

를 더 우위에 두기도 했다.

그런데 지금 이 자리에 흑룡대주가 와 있었다.

스윽.

하지만 깜짝 놀란 백현승의 시선에도 흑룡대주는 오직 유하성만 쳐다봤다.

눈이 마주쳤음에도 입을 열지 않고서 말이다.

한데 그건 유하성 역시 마찬가지였다.

피식.

그 모습에 흑룡대주가 실소를 흘렸다.

어째서 인사를 하지 않는지 이유를 알아서였다.

그래서인지 부대주가 매서운 눈으로 유하성을 노려봤다.

먼저 인사하라고 기세로 압박한 것이었다.

탁.

그러나 부대주의 매서운 기세에도 유하성은 여유롭게 웃으며 자리에 앉았다.

자신을 찾아왔으니 용건을 꺼내라는 무언의 행동이었다.

"……재미있는 녀석이로군."

"애초에 목적이 따로 있는데 굳이 친근하게 인사를 주고받을 필요가 있을까?"

"눈치챘나?"

"긴가민가했었는데, 저쪽을 보고 알았지."

"예의를 갖춰라!"

부대주가 버럭 소리를 질렀다.

내공을 담아 크게 소리쳤던 것이다.

그러자 백기룡의 얼굴이 찡그려졌다.

아무리 군룡도문의 위세가 대단하다고 하나 이곳은 대청표국이었다.

또한 아들인 백현승이 있었기에 백기룡은 불편한 기색을 숨기지 않고 드러냈다.

이런 행동들이 대청표국을 무시하는 것이었기 때문이다.

"예의를 갖춰야 할 쪽은 그쪽인 거 같은데."

"조금 유명해졌다고 기고만장하구나!"

따악!

얼굴이 시뻘게질 정도로 격노해서 소리치는 부대주의 모습에 유하성이 손가락을 튕겼다.

계속 내공을 담아 소리치자 백현승이 힘들어하는 게 보여서였다.

그런데 가벼운 행동과 달리 결과는 놀라웠다.

"케헥!"

매섭다 못해 죽일 듯이 유하성을 노려보던 부대주의 고개가 뜬금없이 뒤로 젖혀지며 꼴사납게 나뒹굴었던 것이다.

그 모습에 옆에 있던 조장이 입을 쩍 벌렸다.

부대주와 마찬가지로 그 역시 무슨 일이 벌어진 건지 알 수가 없어서였다.

반면에 흑룡대주의 눈동자에는 이채가 떠올랐다.

"이제 좀 조용해졌군."

"말코도사라고 들었는데, 제법 사내다운걸?"

"속가제자라는 걸 알고 있을 텐데."

"흐흐! 산에서 이십 년 넘게 살았으면 도사나 다름없지."

"됐고, 용건이나 꺼내."

상대가 버릇없이 나오는데 굳이 예의를 차릴 필요성은 없었다.

더욱이 대청표국을 대놓고 무시하고 있기에 유하성은 다리를 꼬고서 거만하게 고개를 젖히며 물었다.

"별건 아냐. 개인적으로 좀 궁금해서 말이지. 그 대단하다는 무당파의 무공이 말이야. 내가 사십 년을 살아왔는데 무당파의 무공을 견식해 본 적이 없거든. 그래서 정중히 비무를 신청하려고 왔지. 비무첩도 이렇게 준비해 왔다고."

흑룡대주가 옆으로 팔을 내밀었다.

그러자 얼이 빠져 있던 조장이 퍼뜩 정신을 차리고서는 품속에서 서찰 하나를 꺼냈다.

"여, 여기 있습니다!"

"자. 이렇게 격식까지 차렸다고."

"흥."

유하성이 코웃음을 쳤다.

말로는 격식을 차렸다고 하지만 표정과 행동거지에서는

거만함이 철철 넘쳤다.

또한 흑룡대주는 살기를 숨기지 않았다.

일부러 미세하게 드러내는 살기에 유하성은 한쪽 입꼬리를 말아 올렸다.

"설마 대무당파의 제자가, 그것도 장로의 진전을 이은 제자가 꼬리를 말지는 않겠지?"

"같잖은 도발이지만, 넘어가 주도록 하지."

"역시 무당파의 제자답게 호탕하군."

"시간 끌 거 없이 바로 시작하지."

"좋아. 아주 시원시원한 게 마음에 드는군."

흑룡대주가 비릿하게 웃었다.

등장했을 때부터 지금까지 무엇 하나 마음에 드는 게 없었는데 지금 대답은 마음에 들었다.

이러쿵저러쿵 떠들며 시간 낭비 하는 건 그의 성미와 맞지 않았다.

자고로 남자라면 패기가 있어야 했다.

"혀, 형님?"

"연무장 좀 빌리마."

"저도 가겠습니다."

급작스럽게 진행되는 상황에 정신을 차리지 못하는 아들과 달리 백기룡은 곧장 자리에서 일어났다.

흑룡대주가 느닷없이 방문한 순간부터 좋지 않은 의도를

가지고 왔음을 알고 있었기에 그는 전혀 놀라지 않았다.

다만 긴장한 표정으로 유하성을 쳐다봤다.

-유 공자님.

-걱정하지 않으셔도 됩니다.

은밀히 보내오는 백기룡의 전음에 유하성이 늘 그렇듯이 담담하게 대답했다.

그 전음에 딱딱하게 굳어졌던 백기룡의 얼굴이 조금은 풀렸다.

무당면장의 계승자인 유하성이 괜찮다고 하자 걱정이 조금은 가셨던 것이다.

하지만 그럼에도 이내 그는 표정을 관리했다.

-현승이가 말했지만 저희는 언제나 유 공자님의 편입니다.

-염려하시는 일은 벌어지지 않을 겁니다.

"안내해."

"따라와."

"후후!"

한마디도 지지 않는 유하성의 모습에 흑룡대주가 재미있다는 표정을 지으며 뒤따랐다.

그러나 둘의 뒤를 곧바로 따라가는 백기룡, 백현승 부자와 달리 흑룡대주와 함께 온 조장은 섣불리 움직이지 못했다.

부대주가 여전히 정신을 차리지 못했기에 이러지도 저러

지도 못하며 안절부절못했다.

그러다가 이내 그는 결심한 표정을 짓고는 부대주를 어깨에 들쳐 메고서 흑룡대주의 뒤를 따라갔다.

"어? 무사부님?"

"잠시 연무장 좀 빌릴게. 그렇다고 다른 곳에 가지 말고. 고수의 비무를 보는 것도 좋은 공부이니까."

"예에?"

모여서 훈련을 하고 있던 쟁자수들이 갑자기 등장한 유하성과 흑룡대주 일행을 보고는 어리둥절한 표정을 지었다.

하지만 이어진 유하성의 말에 이내 다들 눈을 빛냈다.

유하성의 말마따나 고수들의 비무를 볼 수 있는 건 흔치 않은 일이어서였다.

"망신을 당하는 게 두렵지 않은 모양이군."

"두려우면 지금이라도 집으로 돌아가든가."

"내가 망신을 당할 일은 없다."

흑룡대주가 으르렁거리듯 입 주변을 일그러뜨리며 말했다.

오냐오냐 받아 주었더니 정말 끝도 없이 기어오르는 거 같아서였다.

부대주를 한 방에 제압한 건 놀라웠으나 딱 거기까지였다.

그였다면 절대 당하지 않았을 한 수였기에 흑룡대주는 한껏 거만을 떠는 유하성이 가소로웠다.

"자신감을 가지는 건 좋지."

"그 여유가 얼마나 갈지 궁금하구나."

"두고 보면 알겠지. 누가 웃으며 서 있을지 말이야. 그런 의미에서 삼 초를 양보하지. 무당파의 제자로서 이 정도 아량은 기본이니까."

"크하하하!"

흑룡대주가 앙천광소를 터트렸다.

보자 보자 하니까 정말 오만방자함이 끝도 없이 올라가는 것 같아서였다.

그래서인지 웃음을 뚝 그친 흑룡대주가 고개를 숙이자 무시무시한 살기가 뿜어져 나왔다.

눈빛으로 천참만륙을 낼 것처럼 가공할 안광을 뿌려 댔던 것이다.

"와."

"앞으로 벌어질 일들은 전부 다 네가 자초한 것이다. 여기 있는 모두가 증인이 될 것이고."

"오라고."

으드득!

주둥아리 나불거리지 말고 어서 시작하기나 하라는 듯이 손가락을 까딱거리는 모습에 흑룡대주는 더 이상 참지 않았다.

흑룡대주에 오른 이후로 모독은 처음이었기에 그는 대로

했다.

하지만 이성을 잃지는 않았다.

호랑이가 토끼를 잡을 때 최선을 다하는 것처럼 흑룡대주는 유하성의 도발에도 마지막 이성의 끈을 붙잡고 있었다.

쌔애액!

대신 모든 분노를 한 수에 담아 참격을 뿌렸다.

도문(刀門)의 제자답게 간결하고 깔끔한 발도술을 펼쳐 보였던 것이다.

한 줄기 빛살처럼 흑룡대주의 허리에서 은광이 번뜩이며 유하성의 상반신을 노렸다.

그가 군룡도문주에게 지시받은 내용은 죽이지 말고 반신불수 정도로 만들라는 것이었으나 비무라는 게 애초에 어떤 일이 벌어질지 아무도 몰랐다.

'도발한 건 네놈이었으니까.'

명분은 이쪽에 있었다.

그렇기에 흑룡대주는 비릿하게 웃으며 도를 비틀었다.

단순히 베어 버리는 게 아니라 상처 부위를 찢어발기려는 것이었다.

물론 무당파의 제자이자 복건성에서 알아주는 산채 세 개를 날려 버렸다고 하나 그건 자신도 가능했다.

'단숨에 찢어발겨 주마!'

형형한 안광과 함께 한 줄기 벼락과도 같은 참격이 순식간에 유하성의 몸에 접근했다.

그런데 전광석화처럼 파고드는 참격에도 유하성은 여전히 손을 내민 채로 아무런 움직임을 보이지 않았다.

마치 전혀 반응하지 못한 것처럼 말이다.

그런데 그 순간 꼼짝도 하지 않던 유하성이 느릿하게 움직였다.

쉬이익!

손가락부터 시작된 움직임이 순식간에 전신으로 퍼져 나가서는 벼락처럼 쇄도하는 흑룡대주의 참격을 너무나 여유롭게 회피해 냈던 것이다.

말이 전신이지 그리 큰 움직임도 아니었다.

정확히 반보를 움직인 것으로 유하성은 흑룡대주의 일격을 피해 냈다.

"하나."

"흐아압!"

느릿한 움직임과 달리 완벽하게 도세(刀勢)를 회피해 내며 입을 여는 유하성의 모습에 흑룡대주의 눈썹이 꿈틀거렸다.

예상과 달리 유하성이 완벽하게 피해 내자 자존심이 상한 것이었다.

특히 느긋한 표정이 그의 심기를 심히 불편하게 만들었다.

츠츠츠츠!

그래서 흑룡대주는 내공을 일으켰다.

이번에는 도기(刀氣)를 일으켜 더욱 빠르고 강력한 일도를 뿌렸다.

단순한 참격이 아니라 유하성이 회피해 낼 모든 공간을 짓이길 기세로 말이다.

'이번에는 피해 내지 못할 것이다!'

도는 한 자루였으나 허공에는 열댓 개의 도기가 솟구쳐 있었다.

피할 모든 공간을 찢어 버릴 기세로 일격을 뿌린 것이었다.

스스슥.

그런데 이번에도 흑룡대주의 공격은 유하성에게 닿지 못했다.

처음에야 약간의 방심과 무시가 뒤섞여 있었다고 하나 지금은 달랐다.

진심으로 무공을 펼쳤음에도 불구하고 유하성은 미꾸라지처럼 정말 교묘하게 그의 도세에서 빠져나왔다.

"둘."

"이익!"

거기에 두 번째 초식을 펼쳤다고 직접 알려 주니 흑룡대주는 배알이 뒤틀렸다.

가뜩이나 밉상인 녀석이 더욱 짜증 나게 만드니 화가 치솟았던 것이다.

하지만 반대로 예상외의 실력을 보이는 유하성의 모습에 긴장하기도 했다.

처음에는 운 좋게 무명을 얻어 오만방자한 녀석이라고 생각했는데 지금은 달랐다.

'이번에 성공하지 못하면, 위험하다.'

경시했던 마음은 어느새 사라졌다.

가까스로 피해 낸 게 아니라는 걸 너무나 잘 알아서였다.

상처 하나 입지 않았다는 게 그 사실을 증명했기에 시뻘게진 얼굴과 달리 흑룡대주의 표정은 진지해졌다.

동시에 모든 힘을 끌어 올렸다.

우우웅!

흑룡대주의 각오를 보여 주듯 공명음과 함께 형형한 빛이 솟구쳤다.

바로 절정고수의 상징이라 불리는 도강(刀罡)이 발현한 것이었다.

그걸 흑룡대주는 유하성을 향해 곧장 휘둘렀다.

'이건 피하지 못할 것이다!'

흑룡대주의 입가에 자신만만한 미소가 맺혔다.

강기는 같은 강기가 아니면 막을 수 없었다.

더욱이 권장지각을 사용하는 유하성 같은 이들은 더더욱 불리할 수밖에 없었기에 흑룡대주는 이번에는 확실하게 결판이 날 거라고 생각했다.

바로 자신의 승리로 말이다.

쌔애액!

그의 자신감을 반영하듯 한 줄기 도강은 기세등등하게 유하성에게 쇄도했다.

단숨에 양분시키겠다는 듯이 무시무시한 기세로 떨어져 내렸던 것이다.

스윽.

그러나 도강이 파고들고 있음에도 유하성의 표정은 변화가 없었다.

여전히 옅은 미소를 머금고 있었던 것이다.

대신 유하성은 흑룡대주에게 다가갔다.

물러나지 않고 오히려 파고들었던 것이다.

"죽어라!"

그 모습에 흑룡대주의 입가에 비릿한 조소가 맺혔다.

도망치지 않고 접근해 주면 그로서는 오히려 더 좋아서였다.

그래서 그는 더욱 맹렬하게 도를 휘둘렀다.

단번에 토막 내 버리겠다는 듯이 말이다.

쩌저저적!

"이걸로 끝."

맹렬한 기세로 뻗어 나간 도강이 바닥을 갈랐다.

마지막이었음에도 불구하고 끝내 유하성에게 닿지 못했던

것이다.

그러나 흑룡대주는 멈추지 않았다.

양보해 준 삼 초식이 끝난 것일 뿐 비무가 끝난 것은 아니어서였다.

쉬이익!

그렇기에 흑룡대주는 손목을 비틀며 재차 도를 휘둘렀다.

도극이 땅에 닿는 순간 다시 살짝 들어 올려 그대로 횡베기를 펼친 것이었다.

턱!

그런데 그때 모두의 예상에서 벗어난 광경이 벌어졌다.

간발의 차이로 흑룡대주의 도강을 피해 낸 유하성이 손을 뻗어 흑룡대주의 손목을 밀어 냈다.

정확하게는 도를 붙잡고 있는 오른손을 말이다.

툭.

맹렬한 기세를 흩뿌리는 흑룡대주와 달리 유하성은 딱히 고수다운 기도를 뿌리지 않았다.

그저 태극권 특유의 부드러운 몸놀림으로 흑룡대주에게 파고들고, 손목을 밀어 낸 후 훤히 드러난 가슴을 향해 정권을 내질렀다.

"컥!"

너무나 허무해 보일 정도로 쉽게 틈을 보인 흑룡대주가 숨 넘어가는 신음을 흘렸다.

그 정도로 명치에 꽂힌 주먹은 부드러운 움직임과 달리 파괴적이었다.

단장의 고통이 이런 것이 아닐까 싶을 정도로 말이다.

하지만 유하성의 공격은 이게 끝이 아니었다.

퍼억! 퍽! 퍼퍽!

유하성의 공격은 강맹함과는 거리가 멀었다.

또한 빠르지도 않았다.

그런데 이상하게도 흑룡대주는 피할 수가 없었다.

상대의 움직임이 훤히 보였음에도 회피가 불가능했다.

'한 방만, 한 번만 제대로 맞히면……!'

심지어 별다른 초식도 없었다.

보이는 거라고는 저잣거리 왈패들도 다 아는 태극권이었기에 흑룡대주는 이를 악물었다.

어떻게든 일격만 제대로 먹이면 지금의 상황을 뒤집을 수 있다고 생각해서였다.

빠각!

그래서 흑룡대주는 안간힘을 다해 도강을 유지하며 도를 휘둘렀으나 이번에도 역시 그의 일격은 빈 허공만 갈랐다.

유하성이 얄미울 정도로 완벽하게 피해 냈던 것이다.

아니, 거기서 그치지 않고 발로 그의 발목을 부러뜨렸다.

"윽!"

시큰한 느낌과 함께 흑룡대주는 본능적으로 알았다.

자신의 발목이 그대로 나가 버렸다는 것을 말이다.

하지만 그는 몸의 균형을 잃었음에도 쓰러지지 못했다.

아니, 정확하게는 쓰러질 수가 없었다.

퍼퍼퍼퍽!

갸우뚱하는 그를 유하성이 붙잡고서 폭풍처럼 두들겨서였다.

쓰러지는 걸 허락할 수 없다는 듯이 쉴 새 없이 몰아치는 유하성의 맹렬한 주먹질에 흑룡대주의 얼굴이 순식간에 피투성이로 변했다.

반격을 하려 했으나 도를 움켜잡고 있는 손목 역시 비틀었기에 그가 할 수 있는 건 신음을 흘리는 것뿐이었다.

"어……."

"역시 무사부님!"

"우와아아!"

복건성을 호령하는 절정고수인 흑룡대주를 무자비하게 두들기는 유하성의 모습에 쟁자수들이 환호했다.

이길 거라고 생각을 하긴 했으나 이렇게 압도적으로 몰아붙일 줄은 몰랐기에 다들 함성을 내질렀다.

반대로 정신을 차린 부대주와 조장의 얼굴은 시커멓게 변해 갔다.

설마하니 유하성의 실력이 저 정도일 줄은 몰라서였다.

꿀꺽!

심지어 도강을 꺼낸 흑룡대주와 달리 유하성은 흔하디흔한 권기도 사용하지 않았다.

그저 가볍게 흑룡대주를 제압했다.

"이, 이제 그만……!"

뻐억!

쉬지 않고 전신을 두들기는 무지막지한 폭력에 흑룡대주가 패배를 시인하는 것처럼 입을 열었으나 안타깝게도 그의 말은 끝까지 이어지지 못했다.

유하성이 그가 말을 끝맺도록 가만히 놔두지 않아서였다.

말하는 것조차 허락하지 않겠다는 듯이 좌권으로 흑룡대주의 볼을 후려친 유하성은 그대로 자빠뜨려서는 자근자근 짓밟았다.

"으어어……."

무려 일다경 동안 이어진 무자비한 폭력에 흑룡대주는 결국 정신을 잃었다.

아득한 고통에 끝내 기절한 것이었다.

그런데도 고통의 여파가 남아 있는 모양인지 널브러진 상태에서 온몸을 꿈틀거렸다.

"겨, 결판은 난 것 같습니다."

"흑룡대주는 끝났지."

흠칫!

조심스레 입을 열었던 흑룡대의 부대주가 몸을 떨었다.

무덤덤한 한마디에 이상하게 뒷골이 오싹해져서였다.

그런데 그건 옆에 있던 조장도 마찬가지인 듯 몸을 움찔거렸다.

"아니, 정확하게는 아직 안 끝났지."

"그게 무슨 말씀이신지요?"

"살심을 품고 왔잖아? 안 그래? 목표가 내 목숨 아니었나?"

"무슨 말씀을 하시는지 모, 모르겠습니다."

처음 대면했을 때와는 완전히 달라진 태도로 부대주가 대답했다.

그러나 조장은 그게 이상하다고 생각하지 않았다.

누구라도 지금과 같은 상황이라면 저렇게 할 수밖에 없었다.

"아니라고?"

"절대 아닙니다! 저희는 그저 대주님께서 무당파의 무공을 견식하고 싶다고, 같이 가서 구경이라도 하라고 해서 따라온 것입니다."

"그래?"

유하성이 피식 웃었다.

딱 봐도 임기응변으로 대답하는 것임을 알 수 있어서였다.

그리고 저렇게 나올 걸 예상하기도 했다.

설사 맞다고 해도 군룡도문으로서는 절대 인정해서는 안

武當 霸王
무당
패왕

되었다.

"저희는 절대 악의를 가지고 찾아온 게 아닙니다. 무인으로서 순수하게 무를 겨루기 위해서⋯⋯."

"그럼 반신불수나 폐인으로 만드는 게 목적이었겠군."

"아닙니다! 절대 그렇지 않습니다!"

부대주가 다급하게 소리쳤다.

얼마나 놀랐는지 창백해진 안색으로 거칠게 손사래를 치며 대답했다.

그러나 그 말을 곧이곧대로 믿는 이는 아무도 없었다.

순박한 쟁자수들조차 어이없다는 표정을 지었다.

"그럼 최종 결정권자에게 직접 물어보면 되겠군."

"예?"

"가자고, 군룡도문으로. 묻고 싶은 것도 있고, 궁금한 것도 있고."

"저도 같이 가겠습니다."

얼빠진 표정을 짓는 부대주와 조장과 달리 비무를 지켜보고 있던 백기룡이 단숨에 다가왔다.

백현승과 함께 유하성에게 곧장 뛰어와서는 입을 열었다.

"저도 함께할게요!"

"굳이 그러실 필요까지는⋯⋯."

"저희 때문에 벌어진 일이지 않습니까."

백기룡이 딱딱하게 굳은 얼굴로 말했다.

저쪽에서 절대 아니라고 극구 부정하고 있었으나 백기룡도 알았다.

흑룡대주가 군룡도문주의 명령을 받아 이곳에 왔다는 사실을 말이다.

만약 유하성이 약했더라면 지금 저렇게 쓰러져 있는 건 흑룡대주가 아니라 유하성일 터였다.

'유 공자님의 말마따나 반신불수나 폐인이 되었겠지.'

우직하다고 해서 무식한 건 아니었다.

이 정도는 백기룡도 충분히 생각할 수 있었다.

애초에 그걸 노리고 흑룡대주가 찾아왔다는 걸 말이다.

때문에 그는 만신창이가 되어 있는 흑룡대주를 눈곱만큼도 불쌍하다고 생각하지 않았다.

"맞아요. 만약 흑룡대주가 이겼다면……."

"으음!"

백현승의 말에 한달음에 달려왔던 곽두일이 침음을 흘렸다.

굳이 뒷말을 잇지 않아도 어찌 되었을지 충분히 예상이 가서였다.

그렇기에 곽두일은 더더욱 가만히 있어서는 안 된다고 생각했다.

오히려 유하성처럼 곧장 쳐들어가는 게 맞다고 생각했다.

"가정은 생각할 필요 없어. 중요한 건 현재이니까."

"그래서 더더욱 제가 같이 가야 한다고 생각합니다."

"알겠습니다. 같이 가시죠."

"저도 갈래요!"

"저희도 함께 가겠습니다."

백현승에 이어 곽두일이 표사들의 대표로 입을 열었다.

상대가 자그마치 복건무림을 거의 지배하다시피 하고 있는 군룡도문이었으나 그렇다고 가만히 당하고만 있는 건 말이 안 되었다.

그리고 이번 일로 곽두일은 다시 한번 확인할 수 있었다.

자신이 예상했던 것보다 유하성이 훨씬 더 강한 고수라고 말이다.

'분명히 생각해 두신 게 있기에 찾아가겠다고 하신 걸 테다.'

곽두일이 본 유하성은 결코 감정적으로 움직이는 인물이 아니었다.

오히려 누구보다 신중한 성격이었다.

그런 그가 아무 생각 없이, 대책도 없이 움직일 리가 없었다.

'아니, 그렇다 하더라도 우리는 가야 한다.'

유하성이 대청표국에 온 지는 한 달도 되지 않았다.

그러나 그 짧은 시간 동안 유하성이 바꿔 놓은 건 한두 가지가 아니었다.

때문에 곽두일은 최악의 결과가 나오더라도 유하성과 함께 가야 한다고 생각했다.

애초에 지금의 반등도 유하성이 만들어 준 것이나 다름없었으니까.

"저희도 갈게요!"

"큰 도움은 되지 않겠지만……."

거기에 쟁자수들도 합세했다.

사제지간은 아니었으나 무사부라는 호칭대로 그들은 유하성의 지도 아래 익히고 있는 무공을 기본부터 다시 익혔다.

그렇기에 정식으로 사제지연을 맺은 건 아니지만 그럼에도 다들 유하성을 스승이라고 생각했다.

그들이 알고 있는 무공에 대한 생각을 송두리째 바꿔 놓기도 했고 말이다.

"왜 도움이 안 돼. 든든하구만."

"정말요?"

"응. 근데 무리를 할 필요는 없어."

유하성의 시선이 아이들 중 한 명에게로 향했다.

다리가 덜덜 떨리는 게 두려움을 억지로 참아 내는 게 훤히 보였다.

더불어 그 심정이 이해가 갔기에 무조건 데려갈 생각은 없었다.

"나이는 어려도 신의는 알아요!"

"가장 먼저 배운 게 신의인걸요!"

"맞아요!"

"녀석들."

잔뜩 겁에 질려 있음에도 끝까지 함께하겠다고 말하는 아이들의 모습에 유하성이 피식 웃었다.

제 앞가림도 못 하는 녀석들이 자신을 챙겨 주려고 하자 웃음이 나왔던 것이다.

동시에 가슴이 따뜻해져 왔다.

다행히 자신의 선의가 무의미하지는 않은 듯싶었다.

설혜상은 갑자기 올라온 보고에 곧장 장원을 나섰다.

복주를 강타한 소식이 그녀에게도 전달된 것이었다.

"지금 군룡도문으로 향하고 있다고?"

"예. 보고받은 이동속도를 감안하면 반 시진 안에 도착하리라고 예상합니다."

"허어."

최측근의 보고를 받으며 설혜상이 놀란 표정을 감추지 못했다.

보통은 아닐 거라고 생각했지만 흑룡대주를 쓰러뜨릴 줄은 몰랐다.

더욱이 군룡도문주가 어떤 의미로 흑룡대주를 보냈는지 짐작이 갔기에 설혜상은 수하의 보고에 믿을 수 없다는 표정을 지었다.

　"상처 하나 없이 제압했다고요?"

　"그렇습니다, 소국주님."

　"흑룡대주가 방심했을 가능성도 있겠지만……."

　"그렇다고 하더라도 상처 하나 입지 않고 쓰러뜨렸다면 흑룡대주보다 적어도 두 수는 위라는 소리야."

　설혜상이 설소연의 말을 잘랐다.

　방심도 방심 나름이었다.

　절정고수인 흑룡대주가 방심을 했을 수는 있었다.

　그러나 흑룡대주씩이나 되는 고수가 방심 때문에 속수무책으로 패배했을 가능성은 희박했다.

　"하긴. 아직 확실하게 유 공자님의 무공 수위가 밝혀진 건 아니니까요."

　"맞아. 그게 가장 중요해. 흑룡대주가 처형자로 나섰음에도 아무것도 못 하고 졌으니까."

　설혜상이 고개를 주억거렸다.

　다 제쳐 놓고 생각해 봐야 하는 게 바로 그것이었다.

　군룡도문에서도 손꼽히는 강자인 흑룡대주가 패배했음에도 여전히 밝혀진 건 아무것도 없었다.

　어떤 무공을 펼치는지, 수준이 어느 정도인지 말이다.

"보통이 아니라고 생각하기는 했지만 이 정도일 줄은 몰랐어요. 백룡대주에 가려 주목을 덜 받아서 그렇지 흑룡대주의 실력도 만만치 않은데."

"그러니까. 나도 나름 사람을 잘 보는 편인데, 그 정도일 줄은 몰랐어."

"군룡도문을 찾아갔다는 건, 자신이 있다는 뜻이겠지요?"

여전히 충격이 가시지 않은 표정으로 설소연이 입을 열었다.

하지만 설혜상은 그 말에 곧바로 대답하지 않았다.

쉽게 생각하면 그게 맞았지만 이런 문제는 단순히 생각할 게 아니었다.

유하성과 군룡도문, 대청표국과 군룡도문만 두고 봐서는 안 되었다.

"그렇게 단순한 문제가 아니란다. 넓게 봐야 해."

"경청할게요."

"이건 단순히 유 공자와 군룡도문, 그리고 대청표국만의 문제가 아냐. 흑룡대주는 처형자가 맞지만 유 공자를 섣불리 죽일 수는 없어."

"아! 무당파 때문이군요!"

"맞아. 속가제자이고 무당산에서 크게 주목받지 못했다고 하나 그래도 무당파 장로의 제자야. 항렬로 치면 당대 무당파의 장문인과 장로들과 같지. 그런 인물이 죽으면 과연 무당파에서 가만히 있을까? 아무리 무당파에서 그리 비중이 없는 인물이라고 해도 이건 다른 문제야. 무당파의 제자가 비무에서 미심쩍게 죽었다? 당연히 조사를 나올 테고 그때부터 군룡도문은 존립을 걱정해야 해. 그러니 절대 죽이라고는 지시하지 않았을 거야."

설혜상이 냉정한 어조로 말했다.

분명히 유하성이 군룡도문과 군호표국의 골칫덩이긴 해도 죽이려고는 하지 않았을 터였다.

대신 다른 방법으로 치워 버리려 했을 터였다.

아주 자연스럽고 어쩔 수 없는 방식으로 말이다.

"최악의 가정이긴 하나 폐인이 되었을 수도 있었겠네요."

"가장 좋은 결과는 겁먹게 만들어 스스로 물러나게 만드는 거지. 그래서 흑룡대주를 보낸 거고. 근데 그게 보기 좋게 실패했지."

"국주님은 어떻게 예상하세요?"

"상식적으로 이번 선택은 당연히 무리수지. 그런데 이미 상식은 한번 뒤집어졌지. 그리고 반대로 생각하면 자신이 원하는 상황을 만들 확신이 있으니까 그렇게 움직인 것이겠지?"

"저도 그렇게 생각해요. 실패할 수도 있지만 현 상황에서 유 공자님이 잃을 건 없으니까요."

설소연이 눈을 빛냈다.

군룡도문 입장에서는 겁도 없이 달려든다고 생각하겠지만 그렇다고 유하성을 죽일 수는 없었다.

애초에 서로 전쟁인 상황도 아니었고 말이다.

흑룡대주 역시 비무라는 명목으로 대청표국을 방문한 만큼 유하성이라고 그러지 말라는 법은 없었다.

"맞아. 거슬리지만 죽일 수는 없지. 그렇게 되면 무당파가 나설 수 있으니까. 그러니 가장 좋은 방법은 잘 다독여서 돌려보내는 거지. 멀쩡하게. 근데 그게 말처럼 쉽지 않지. 어쨌거나 군룡도문주 입장에서는 자신의 명성에 흠이 생긴 거니까."

제7장 너희가 되면 나도 되지

설혜상이 재미있다는 표정을 지었다.

냉정하게 생각하면 유하성과 좋게 푸는 게 맞았다.

실수한 건 군룡도문이니까.

그러나 문제는 무인으로서, 일문의 수장으로서의 자존심
이었다.

"전혀 다른 결과가 나올 수도 있지 않을까요?"

"그러면 우리로서는 더할 나위 없이 좋기는 한데, 쉽지는
않을 거야."

설혜상이 입맛을 다시며 턱을 쓰다듬었다.

최고의 결과는 설소연의 말대로 되는 것이었지만 개인적
으로 그녀는 그런 결과가 나올 가능성은 희박하다고 생각

했다.

"저기 대청표국 일행이 보입니다."

"오라버니!"

마부의 말에 설혜상이 마차의 창문을 활짝 열었다.

그러고는 대뜸 소리를 질렀다.

하지만 힘찬 목소리와 달리 그녀는 빠르게 대청표국 일행 주변을 훑었다.

혹시나 다른 이들이 합류했나 확인하는 것이었다.

"설 국주?"

"예! 저예요!"

"자네가 왜?"

잔뜩 굳은 얼굴로 표사들을 이끌고 유하성과 이동하던 백기룡이 얼굴 가득 의아한 표정을 지었다.

뜬금없이 설혜상이 나타나자 당혹스러웠던 것이다.

"미력하나마 저희도 힘을 보태려고요."

"음?"

"군룡도문의 속내가 너무 빤히 보이잖아요. 참, 유 공자님. 괜찮으세요?"

마차에서 뛰어내려 단숨에 달려온 설혜상이 폭포수처럼 말을 내뱉었다.

그런 그녀의 뒤로 설소연과 백봉표국의 표두들이 호위대처럼 일사불란하게 집결했다.

"보다시피 괜찮습니다. 그런데 힘을 보태 주신다고요?"

"네. 백지장도 맞들면 낫다고 하잖아요. 큰 도움은 되지 않겠지만 그래도 보태고 싶어서요."

설혜상이 다부진 표정으로 대답했다.

숫자는 적지만 대신 소수정예라고 말하는 얼굴로 말이다.

그 모습에 유하성은 백기룡을 바라봤다.

그로서는 백봉표국이 합류하든 말든 상관이 없어서였다.

"나쁠 건 없다고 생각합니다."

"저희가 함께 가면 제아무리 군룡도문이라도 함부로 하지는 못할 거예요."

"알겠습니다."

설혜상은 물론이고 설소연도 크게 결심하고서 왔다는 표정이었으나 유하성은 딱히 고마운 기색을 띠지 않았다.

백봉표국이 합류한다고 해서 결과가 크게 달라지지는 않아서였다.

애초에 다른 곳의 합류를 생각하지도 않았고 말이다.

"다 왔네요."

끼이익.

짧은 대화를 나눈 사이 어느새 일행은 군룡도문에 도착했다.

군룡도문 역시 복주 내에 자리 잡고 있었기에 금방 당도한 것이었다.

그런데 이쪽의 방문에 대해 들은 모양인지 정문위사들이 별다른 말 없이 대문을 활짝 열었다.

"드, 들어가시죠."

여전히 정신을 차리지 못하고 있는 흑룡대주를 업고 있는 조장을 대신해 부대주가 굽실거리며 말했다.

정확하게는 유하성을 향해서 말이다.

저벅저벅.

그 말에 유하성은 대답 없이 대장원 안으로 들어갔다.

그러자 사방에서 온갖 시선들이 쏟아졌다.

흑룡대주가 당했다는 소식에 다양한 눈초리가 집중되었으나 유하성은 조금도 신경 쓰지 않고 발걸음을 옮겼다.

"연무장이 아니네?"

군룡도문의 문도가 안내해 준 곳에 도착한 유하성이 미간을 좁혔다.

분명 방문 목적을 먼저 전달했음에도 불구하고 실내로 안내하자 대놓고 못마땅한 표정을 지었던 것이다.

"문주님께서 급한 업무를 보고 계시는 중이라 잠시만 기다려 주십시오."

"흐음. 그렇단 말이지."

"간단히 마실 차와 다과를 가져오겠습니다."

무표정한 얼굴의 문도가 자기 할 말만 하고 몸을 돌렸다.

하지만 그러한 문도의 모습에도 유하성은 피식 웃기만 할 뿐 흥분하지 않았다.

"그리 오래 걸리지는 않을 거예요. 세간의 평판에 은근히 신경을 많이 쓰거든요. 지금은 약간의 기 싸움을 하는 거라고 생각하시면 될 거예요."

"그렇겠지요. 상황 파악할 시간도 벌 겸."

"맞아요."

설혜상이 웃으며 맞장구를 쳤다.

그러면서 그녀는 은근슬쩍 유하성의 맞은편에 앉았다.

우연찮게 생긴 시간을 제대로 활용하기 위해서였다.

어떤 결과가 나올지는 아직 몰랐으나 상황이 이렇게 된 이상 군룡도문은 절대 유하성을 죽일 수 없었다.

반신불수나 폐인을 만드는 것도 불가능했고 말이다.

그리고 지금까지의 행동이 그녀는 다 계산된 것일 거라고 생각했다.

"역시 이렇게 나오는군."

"자기 위신을 끔찍하게 챙기는 인물이니까요. 복건성을 대표하는 무인이기도 하니 곧바로 만나 줄 필요는 없다고 생각하겠죠. 유 공자님의 말씀대로 대청표국에서 있었던 일에 대해 파악할 시간도 필요하고. 일단 비무를 직접 본 흑룡대의 부대주가 있으니까요."

"근데 괜찮겠나? 지금이라도 늦지 않았네만."

백기륭이 짐짓 걱정하는 투로 물었다.

백봉표국이 도와주는 건 고마웠지만 이로 인해 군룡도문과 척을 질 수도 있기에 그는 염려가 되었다.

"이미 늦었을걸요?"

"흠."

"저는 후회하지 않아요. 군룡도문에 쌓인 것도 많이 있고. 뭐, 그건 군호표국도 마찬가지지만요."

설혜상이 당차게 대답했다.

그리고 그건 계산이 끝나서 나온 대답이기도 했다.

최악의 결과가 나오더라도 그녀는 빠져나갈 방법이 다 있었다.

"형님은 긴장 안 되세요?"

"긴장?"

"예."

"긴장은 군룡도문이 해야지."

다른 이들과 마찬가지로 바짝 얼어 있던 백현승이 신기하다는 표정으로 물었다.

처음 출발할 때도 그랬지만 유하성은 시종일관 담담했다.

비무 신청을 한 상대가 다름 아닌 군룡도문주였는데 말이다.

"헐."

"왜? 내가 자만하는 것처럼 보여?"

"그건 아닌데, 좀 과한 것 같기는 해요."

"다 믿는 게 있으니까 그렇겠지?"

"정말 자신 있으세요?"

백현승이 목소리를 낮추었다.

하지만 그럼에도 백현승의 목소리는 크게 떨리고 있었다.

"자신 있다고 하면 그대로 믿을 생각은 있고?"

"역시……."

백현승의 동공이 불안하게 흔들렸다.

대답을 듣는 순간 최악의 결과가 자연스럽게 떠올라서였다.

그런데 유하성은 그런 그의 심정을 전혀 모르는지 실없이 웃고 있었다.

"아직도 신뢰가 안 가? 흑룡대주로는 부족하나?"

"흑룡대주도 복건성을 대표하는 절정고수지만 군룡도문주는 격이 달라요! 사람에 따라 의견이 다르긴 하지만 복건제일인에 가장 가까운 건 모두가 인정한다고요!"

"그런데도 나와 함께 오다니. 이거 너무 고마운걸?"

"농담할 때가 아니라고요!"

백현승이 울상을 지었다.

자신만만한 건 좋았지만 너무 긴장을 하지 않는 것 같아서였다.

물론 흑룡대주를 가볍게 제압할 정도로 강하다는 건 알았지만 애초에 강함과 약함은 상대적이었다.

그렇기에 백현승은 걱정이 되었다.

"너무 긴장하지 말라고. 비무하는 건 난데 왜 네가 긴장해?"

"긴장이 안 되는 게 이상하죠. 저만 그런 게 아니라 다들 긴장하고 있잖아요."

"누가 오네. 군룡도문주인지 아닌지는 모르겠지만."

유하성의 말에 좌중이 일순 조용해졌다.

누군가 온다는 말에 조금은 풀어졌던 긴장감이 다시 바짝 조여졌던 것이다.

잠시 후 문이 열리며 흑의무복에 새하얀 장포를 걸친 장년인이 안으로 들어왔다.

-부문주예요.

화려하기 그지없는 복장의 장년인이 부하들을 대동하고서 안으로 들어오자 설혜상이 전음을 보냈다.

군룡도문의 조직도에 대해서는 얼추 알더라도 얼굴까지는 모를 터이기에 눈치껏 알려 준 것이었다.

"대청표국에서 왔다는 천둥벌거숭이가 바로 너로군."

"시작은 그쪽이 먼저 했소만."

"했소만?"

한껏 거만한 얼굴로 응접실에 들어온 부문주가 어처구니 없다는 표정을 지었다.

머리에 피도 안 마른 자식이 반존대를 하자 어이가 없었던 것이다.

그러나 유하성은 당당했다.

"배분으로 따지자면 비슷할 텐데 말이오."

"하!"

부문주가 헛웃음을 흘렸다.

동시에 그에게서 살벌한 기세가 뿜어져 나왔다.

기도로 유하성을 압박하려는 것이었다.

하지만 서릿발 같은 그의 기세에도 유하성은 태연히 손을 휘저었다.

"후우."

옆에 앉아 있는 백현승에게 가는 기세를 흩어 버린 것이었다.

그런데 그 모습이 부문주의 심기를 더욱 건드렸다.

호랑이 굴에 들어왔음에도 너무나 여유로워 보여서였다.

"사문을 너무 믿고 있는 거 같은데."

"신경 쓰는 건 그쪽 같은데."

"여기에 무당파는 없다. 그리고 비무에는 가끔 불의의 사고가 발생하지."

"맞소이다."

유하성이 순순히 고개를 주억거렸다.

이미 한번 당해 보기도 했고, 불의의 사고를 겪을 수도 있는 건 저쪽도 마찬가지였다.

그리고 군룡도문이 한 가지 간과한 것이 있는데 유하성은 하산하고서 단 한 번도 무당파를 의지한 적이 없었다.

아니, 무당산에 있을 때부터 무당파를 믿지 않았다.

'내가 믿고 의지한 건 오직 사부님뿐이다.'

찾아오는 이들이 점차 줄어들수록, 그리고 어느 순간 지원이 더 이상 오지 않았을 때 유하성은 느꼈다.

명운이라는 사람과 그의 제자인 자신이 잊혔다고 말이다.

사부가 죽기 직전에 전대 장문인인 명천이 찾아왔으나 그때는 이미 늦은 후였다.

자신이 무당파의 제자인 걸 잊지는 않았으나 그렇다고 소속감을 단단히 가지고 있는 건 아니었다.

"그게 자신에게 벌어질 수 있다고는 생각하지 않는 모양이야."

"그럴 리가. 이미 한번 겪었는데 어찌 모르겠소."

"너무 비약하는 거 같은데."

부문주가 의미심장하게 웃었다.

자신은, 아니 군룡도문은 결코 흑룡대주에게 그런 지시를 내리지 않았다는 듯이 말이다.

하지만 대놓고 시치미를 떼는 모습에도 유하성의 평정심

은 흔들리지 않았다.

이런 대응은 충분히 예상했던 바였다.

"쓸데없는 대화는 이쯤 하고, 비무는 거절이오?"

"당연하지 않나. 우리 문주님께서 아무나 비무 신청을 받아 줄 정도로 한가한 분이 아니시거든."

부문주가 아무나라는 세 글자를 강조했다.

근래 들어 파산권이란 별호가 복주에 자주 떠돈다고 하나 그래 봤자 이제 막 무명을 알리기 시작한 애송이에 불과했다.

배분은 높을지 모르나 강호초출과 다름없기에 부문주는 이죽거렸다.

명백히 급이 맞지 않는다고 말이다.

"그래서 당신이 왔다?"

"사실 내가 온 것도 말이 안 되는 일이지."

"그럼에도 올 수밖에 없었겠지. 세간의 시선도 있으니까."

"맞아."

부문주의 눈빛이 매섭게 변했다.

이 모든 게 다 유하성이기 때문이다.

그러나 유하성의 입장에서는 적반하장도 이런 적반하장이 없었다.

자신들은 무작정 찾아와서 난리를 피워도 되지만 상대방은 안 된다는 뜻이었으니까.

"그럼 당신이 내 상대란 말이군."

"운 좋게 흑룡대주를 쓰러뜨렸다고 너무 기고만장하는 것 같은데. 강호의 선배로서 하나 조언하자면, 그러다가 크게 다쳐. 죽을 수도 있고."

둘의 대화를 옆에서 듣고 있던 백현승이 몸을 부르르 떨었다.

마지막 말이 섬뜩하게 다가와서였다.

그런데 그 말을 듣고도 유하성은 씨익 웃었다.

너무나 재미있다는 듯이 말이다.

"누가 죽을지는 붙어 봐야 알 것 같은데 말이오."

"정녕 끝까지 가 보자는 건가?"

반존대의 경계를 넘나드는 유하성의 어투에 부문주의 눈꼬리가 매섭게 치솟았다.

동시에 그의 뒤에 있던 수하들에게서 폭발적인 살기가 쏟아져 나왔다.

하지만 실내를 가득 채우는 그들의 맹렬한 살기에도 유하성은 태연자약하게 말을 이었다.

"여기까지 와서 이대로 그냥 돌아갈 수 있겠소?"

"끝내 결판을 보자는 거지?"

"그쪽 역시 이걸 원하는 것 같은데."

"후후후!"

부문주가 비릿하게 웃었다.

그의 의중을 유하성이 정확히 파악해서였다.

사실 유하성을 돌려보내는 건 그나 문주나 원치 않았다.

다만 이렇게 긴 대화를 나눈 이유는 명분 때문이었다.

흑도나 사도였다면 대뜸 칼부림부터 했겠지만 군룡도문은 대외적으로 정도를 표방했기에 거슬린다고 함부로 죽일 수 없었다.

유하성의 뒤에 있는 무당파도 신경 안 쓸 수 없었고 말이다.

그렇기에 부문주는 일부러 이런 상황과 분위기를 조성했다.

유하성이 무작정 찾아와서 달려드는 것처럼 말이다.

"문주는 바쁘다고 했으니, 그럼 상대는 당신인가?"

"그럴 리가. 제아무리 비무라고 하나 그래도 격이 맞아야지. 같은 배분이라고 해서 무림에서의 위치 또한 같은 건 아니니까."

부문주가 가당치도 않다는 듯이 말했다.

근래 제법 유명해지기는 했으나 그에 비하면 유하성은 애송이나 다름없다.

물론 흑룡대주를 쓰러뜨리긴 했으나 부문주는 부대주의 말을 곧이곧대로 믿지 않았다.

하수인 부대주가 볼 수 있는 건 한계가 있다고 생각해서였다.

"네 상대는 나다."

저벅저벅.

방문이 열리며 한 사람이 모습을 드러냈다.

백색 무복을 입은 중년인이었는데 풍기는 기도가 예사롭지 않았다.

"백룡대주인가."

"그렇다."

초면이었지만 가슴에 수놓아진 백룡을 보고 유하성은 상대를 추측할 수 있었다.

흑룡대주와 색깔만 달랐기에 추측하는 게 어렵지 않았던 것이다.

그런데 백룡대주는 이 자리가 심히 못마땅한지 눈살을 있는 대로 찡그리고 있었다.

"우선은 자신의 주제부터 파악하는 게 좋을 듯싶군. 하늘 밖의 하늘이 있음을 말이야."

"충고는 잘 들었소이다."

"흥."

한 귀로 듣고 한 귀로 흘리겠다는 듯한 유하성의 대답에 부문주가 입술을 비틀었다.

하지만 그 표정은 이내 사라졌다.

흑룡대주가 백룡대주에 비견되는 고수라 알려졌지만 실상은 달랐다.

그걸 누구보다 잘 아는 게 부문주였기에 그는 백룡대주의 승리를 믿어 의심치 않았다.

휘이이잉.

싸늘한 분위기처럼 연무장에 감도는 바람 역시 무거웠다.

한여름임에도 이상하게 한기가 돌았던 것이다.

그리고 그 중심에는 순백의 무복을 입은 백룡대주가 있었다.

"흑룡대주를 쓰러뜨렸다고?"

부문주 때문에 표정은 어느 정도 관리했으나 눈빛에는 불만이 가득했다.

고작 이런 일로 자신을 오라 가라 하는 게 마음에 들지 않은 것이었다.

하지만 지금의 상황이 거슬리는 건 유하성 역시 마찬가지였다.

문주를 보러 왔는데 정작 당사자는 코빼기도 보이지 않고 부문주에 백룡대주만 나타나자 유하성은 귀찮은 표정으로 땅을 박찼다.

"갈 길이 멀어서."

"흡!"

시작하기 무섭게 저돌적으로 달려드는 유하성의 모습에 백룡대주가 당황했다.

그러나 당황한 것과 달리 그의 반응 속도는 놀라웠다.

유하성이 접근하는 것과 동시에 무시무시한 발도술을 펼쳐 보였던 것이다.

괜히 군룡도문을 대표하는 고수가 아니라는 듯이 백룡대주의 발도술은 군더더기가 없었다.

쩌엉!

단지 상대가 나빴다.

흑룡대주를 쓰러뜨렸다기에 백룡대주는 유하성을 무시하기는 해도 경시하지는 않았다.

웬만큼 실력이 있지 않은 이상 아무리 방심했다고 하나 흑룡대주를 쉽게 제압할 수 없다는 걸 잘 알아서였다.

그런데 제대로 마음먹고 일격을 뿌렸음에도 그의 도강은 허공에서 막혔다.

꽈드드득!

아니, 정확하게는 뭉개졌다.

유하성이 허공에서 도강을 붙잡아서는 그대로 분질러 버렸던 것이다.

"컥!"

도강이 부서지는 것과 동시에 백룡대주가 각혈을 했다.

내부를 뒤흔드는 충격에 내상을 입은 것이었다.

하지만 그의 고난은 이게 다가 아니었다.

덥석!

단숨에 백룡대주의 도강을 박살 낸 유하성은 그대로 접근해서 왼손으로 멱살을 움켜쥐었다.

그러고는 그대로 땅바닥에 처박았다.

콰아앙!

설명은 길었으나 일련의 행동은 마치 하나의 동작처럼 이어졌다.

그래서 누구도 제대로 반응하지 못했다.

시작과 동시에 백룡대주가 쓰러졌기에 다들 입만 쩍 벌리고서 멍하니 바라봤다.

"다음은 누구요?"

연무장 바닥에 얼굴이 박힌 백룡대주는 죽은 것처럼 꼼짝도 하지 않았다.

심지어 몸도 떨지 않았다.

그 모습에 모두의 시선이 백룡대주에게 향하자 유하성이 씨익 웃으며 말을 이었다.

"참고로 죽이진 않았소이다."

"으음!"

한순간에 결정 난 결과에 부문주의 동공이 흔들렸다.

설마하니 백룡대주가 단 일수에 제압당할 줄은 몰라서였다.

게다가 도강을 분지른 것도 분지른 것이지만 유하성의 움직임이 그의 뇌리에 깊게 각인되었다.

두 눈 훤히 뜨고 봤음에도 그는 유하성의 움직임을 놓쳤었다.

"아직은 말이오. 그나저나 다음 상대가 빨리 나왔으면 좋겠는데. 군룡도문주에게 가려면 아무래도 갈 길이 먼 것 같아서 말이오."

유하성이 비릿하게 웃었다.

상대가 누구든, 얼마나 됐든 전부 다 상대해 주겠다는 표정이었다.

그러나 방금 전과 달리 부문주는 선뜻 입을 열지 못했다.

흑룡대주에 이어 백룡대주 역시 당했기에 이제는 분명하게 알 수 있었다.

유하성이 절대 만만한 무인이 아니라는 걸 말이다.

"아니면 이제는 좀 자격이 된 것이오?"

"……실력을 숨기고 있었나?"

"지금 중요한 건 그게 아닌 것 같은데 말이오."

유하성은 딱 잘라 말했다.

더 이상 불필요한 대화는 하지 않겠다는 듯이 말이다.

그러고는 기절한 백룡대주를 내버려 둔 채로 부문주에게로 발걸음을 옮겼다.

"머, 멈추시오!"

"군룡도문은 손님 접대를 이런 식으로 하는가 봅니다."

"물러나라."

부문주가 부하들을 물렸다.

武當霸王
무당
패왕

마지막 말에 정신이 퍼뜩 들었던 것이다.

백룡대주가 유하성을 제압했다면 모를까 상황이 여기까지 왔다면 백이면 백 군룡도문이 불리했다.

그렇기에 부문주는 굳은 얼굴로 앞으로 나섰다.

"하, 하오나!"

"물러나라고 했다."

"예!"

"미안하군. 접대가 미흡했던 점, 사과하지."

"엎드려 절받는 기분이오만."

유하성이 비아냥거렸다.

이제 와서 저렇게 말해 봤자 기만으로밖에는 보이지 않아서였다.

그래서인지 백기룡을 비롯한 대청표국의 사람들은 대놓고 얼굴을 찡그리고 있었다.

반면에 설혜상과 설소연의 두 눈은 그 어느 때보다 반짝였다.

"사과하는 의미에서 내가 나서겠네."

"그럼 다음이 드디어 문주겠소이다."

"내가 진다면, 그렇게 되겠지."

백룡대주를 한 수에 제압한 고수가 유하성이었다.

그러니 이제는 누구도 믿을 수 없었다.

사태가 더 악화되기 전에 무조건 이쯤에서 마무리를 지어야 했기에 부문주는 성큼성큼 앞으로 걸어갔다.

"준비할 시간이 필요하오?"

"난 괜찮은데, 자네가 필요하지 않나?"

"괜찮소이다. 얼마 움직이지도 않았고."

유하성이 어깨를 으쓱거렸다.

백룡대주를 상대한 것 정도로는 전혀 지치지 않았다는 듯이 말이다.

그래서 부문주는 더 권하지 않았다.

대신 허리에 있던 애병을 뽑았다.

"그럼 바로 시작하지."

"이제 좀 마음에 드는구려."

"그렇다니 다행이군."

말이 끝남과 동시에 부문주가 칼을 휘둘렀다.

선배로서 양보하는 미덕을 보일 수도 있지만 그는 그러지 않았다.

어떻게든 이 자리에서 마무리를 지어야 했기에 부문주는 양보 대신 선공을 취했다.

그렇게라도 해서 유하성을 쓰러뜨리려고 했던 것이다.

'최대한 빠르게 제압한다!'

전쟁이었다면 굳이 그가 나서지 않고 수하들을 내보냈겠지만 중요한 건 유하성이 정식으로 비무 신청을 했다는 점이었다.

더 나아가 그 원인을 제공한 게 군룡도문이었기에 부문주는 지금이라도 서둘러 사태를 수습해야 한다고 생각했다.

여기서 마무리 짓는다면, 자신의 선에서 끝낸다면 수습은 어렵지 않았다.

그렇기에 부문주는 생사대적을 상대하는 마음으로 진신절기를 펼쳤다.

츠츠츠츠!

이윽고 부문주의 도신에서 예리한 도강이 줄줄이 솟구쳤다.

막대한 내공을 머금은 도강이 하나에서 둘로, 둘에서 넷으로 나누어졌던 것이다.

그러고는 맹렬한 기세로 일제히 쇄도했다.

'움직임을 최대한 봉쇄해야 한다.'

단 한 차례의 경합이었지만 부문주는 많은 걸 알아낼 수 있었다.

다른 이들은 백룡대주의 도강을 뭉개 버린 점에 놀랐겠지만 그는 달랐다.

유하성에게서 가장 위협적인 게 보신경이라는 걸 알았기에 부문주는 공간 자체를 완전히 틀어막았다.

마음대로 움직일 수 없게 만들어 버린 것이었다.

'무당파의 속가제자치고 대단한 실력자인 건 분명하나 아직 덜 여물었어.'

비슷한 배분이라고 하나 그가 살아온 삶은 감히 유하성과 비교할 수 없었다.

산전수전을 비롯해서 온갖 진흙탕 싸움을 다 겪은 이가 바로 그였다.

경험적인 부분에서는 유하성이 감히 비빌 수가 없기에 부문주는 그걸 십분 활용했다.

'피할 공간을 모조리 틀어막고 서서히 말려 죽인다.'

부문주의 두 눈이 날카롭게 빛났다.

예상외의 실력이긴 했으나 모든 부분에서 그가 유리했다.

자신에 대해 아무것도 모르는 유하성에 비해 그는 백룡대주와의 비무로 상당한 정보를 취득한 상태였다.

그렇기에 부문주는 그 정보들을 기반으로 어떻게 공략할 것인지 모든 구상을 끝내 놓았다.

콰콰콰쾅!

그 사실을 증명하듯 유하성의 주변에서 연이어 폭발이 일어났다.

부문주가 뿌린 도강이 맹렬한 기세로 유하성을 덮친 결과였다.

'넌 이미 덫에 걸렸다.'

부문주의 입가에 비릿한 미소가 맺혔다.

처음부터 물러났다면 모를까 그의 권역에 들어온 이상 유하성이 빠져나갈 길은 없었다.

아니, 있더라도 그가 순순히 허락하지 않을 것이었다.

스극. 슥.

빠르게 움직이는 유하성의 무복 곳곳이 갈라졌다.

도강은 닿지 않았으나 파생되는 날카로운 도풍(刀風)에 옷
이 갈라진 것이었다.

그러나 상처는 없었다.

신기하게도 정확히 옷만 갈라졌다.

후우웅.

그런데 그때 연무장에서 묘한 바람이 불었다.

부문주가 일으킨 도강으로 인해 연무장에는 광풍이 휘몰
아치고 있었다.

한데 그 사이로 기이한 바람이 일었다.

정확하게는 유하성의 두 팔에 의해서 말이다.

투웅. 퉁.

부문주가 일으킨 도세 사이를 요리조리 이동하던 유하성
이 두 팔을 크게 휘저었다.

언뜻 보면 금방이라도 부문주의 도강에 잘려 나갈 것 같았
는데 의외로 유하성의 두 팔은 멀쩡했다.

아니, 멀쩡한 걸 넘어 집요할 정도로 사혈만을 노리고서
파고드는 부문주의 도강을 슬쩍슬쩍 밀어 냈다.

"흐으읍!"

그 모습에 부문주가 이를 악물었다.

유하성이 두 팔을 활짝 펼친 순간부터 알 수 없는 변화가 시작되었다는 걸 알아서였다.

그리고 그게 자신에게는 그리 좋지 않다는 걸 본능적으로 느꼈기에 부문주는 단전의 공력을 가일층 끌어올렸다.

처음에는 조금씩 말려 죽일 작정이었지만 지금은 생각이 달라졌다.

'저 움직임을 막아야 한다.'

수십 년 동안 쌓아 온 경험이 말해 주고 있었다.

더는 마음대로 움직이게 놔두어서는 안 된다고 말이다.

그래서 그는 지금까지와 달리 직접적으로 유하성에게 도를 휘둘렀다.

부웅!

주변의 공간을 점유하던 도강이 벼락같이 흉부를 향해 파고들었으나 유하성은 너무나 유려한 움직임으로 그의 참격을 피해 냈다.

그러고는 그대로 부문주에게 접근했다.

회피와 동시에 둘 사이의 간격을 한순간에 좁혔던 것이다.

하지만 부문주도 만만치 않았다.

쌔애애액!

유하성이 순식간에 거리를 좁히자 휘둘렀던 도를 회수하기보다는 좌장을 내밀었다.

달려드는 길목을 노리고서 맥을 끊듯 정확히 일장을 뿌렸다.

빙그르르.

그런데 그마저도 유하성은 피해 냈다.

바람처럼 너무나 자연스럽게, 마치 미리 알고 있던 것처럼
몸을 회전시켜서 부문주의 좌장을 피해 냈다.

그와 동시에 유하성의 손이 부문주의 팔뚝을 잡았다.

"윽!"

가볍게 잡은 것과 달리 팔뚝에서 느껴지는 엄청난 아귀힘
에 부문주가 자기도 모르게 신음을 흘렸다.

하지만 대응은 본능보다 빨랐다.

수십 년 동안 축적된 그의 경험이 이성보다 빠르게 몸을
움직였던 것이다.

터어엉!

다만 문제는 부문주의 도강도 유하성의 손아귀에 붙잡혔
다는 점이었다.

세 치가 넘는 두께의 강철도 가볍게 절단 내 버리는 게 그
의 도강이었음에도 유하성은 맨손으로 받아 냈다.

심지어 생채기 하나 생기지 않았다.

"이익!"

그 모습에 부문주가 시뻘게진 얼굴로 공력을 모조리 끌어
올렸다.

자신의 도강이 상처 하나 내지 못한다는 사실에 자존심이

극도로 상한 것이었다.

그러나 거칠게 울부짖는 도명에도 유하성의 표정은 변화가 없었다.

손바닥 역시 멀쩡했고 말이다.

으드득!

대신 붙잡힌 그의 팔뚝에서 섬뜩한 골절음이 들려왔다.

우악스러운 악력으로 끝내 팔의 상박을 부러뜨린 것이었다.

하지만 부문주는 그걸 느낄 새가 없었다.

뼈가 부러진 고통보다 붙잡힌 곳에서 파고든 유하성의 공력이 기맥을 마구잡이로 헤집어 놓았기에 그의 머릿속이 새하얗게 변했다.

"끄아아악!"

저도 모르게 나오는 비명 소리와 함께 부문주가 반사적으로 몸을 비틀었다.

지독한 고통으로 인해 제정신이 아니었지만 몸은 알고 있었다.

어떻게든 이 상황에서 벗어나야 한다는 사실을 말이다.

그러나 문제는 유하성이 그렇게 놔둘 생각이 없다는 점이었다.

스르륵.

도신의 중단을 붙잡고 있던 손이 미끄러지듯이 내려가 부문주의 품 안으로 파고들었다.

그러고는 그대로 멱살을 잡고서는 바닥에 메다꽂았다.

"껙!"

이미 고통으로 제정신이 아니었기에 부문주는 속수무책으로 당할 수밖에 없었다.

그 결과 장내에 침묵이 내려앉았다.

백룡대주에 이어 부문주 역시 무기력하게 쓰러지자 다들 충격에 빠진 것이었다.

특히 군룡도문 무인들의 표정이 아주 볼만했다.

"역시 우리 형님!"

"우아아아!"

연무장 바닥에 이마를 박고 기절한 모양인지 발끝을 부르르 떠는 부문주의 모습에 백현승이 퍼뜩 정신을 차렸다.

동시에 아이들이 환호성을 질렀다.

마음속으로 누구보다 유하성의 승리를 응원했지만 사실 다들 반신반의하고 있었다.

유하성이 강하다는 건 알았지만 상대가 군룡도문의 이 인자라 불리는 부문주였기에 내심 힘들지 않을까라고 생각했었다.

그런데 유하성은 놀랍게도 너무나 쉽게 부문주를 쓰러뜨렸다.

앞전에는 백룡대주를 단 두 번의 움직임으로 제압했고 말이다.

"뭐 해? 문주에게 말 안 전하고. 부문주를 쓰러뜨렸으니 이제 남은 건 문주 아닌가?"

"히끕!"

여전히 정신을 차리지 못하고 있는 부문주를 버려두고 손을 턴 유하성이 무사 한 명을 향해 말했다.

그러자 군룡도문의 무사들이 화들짝 놀라며 정신을 차렸다.

하지만 움직이는 이는 없었다.

결과가 너무 충격적이라 발이 떨어지지 않았던 것이다.

"보고도 보고지만, 우선 두 사람의 치료부터 해야 할 것 같은데."

어쩔 줄을 몰라 하는 군룡도문의 문도들을 향해 설혜상이 싸늘하게 말했다.

곤혹스러워하는 건 이해했지만 지금은 움직여야 할 때였다.

이렇게 놔두었다가는 유하성이 죽이지 않았음에도 죽인 것처럼 될 수도 있었기에 그녀는 눈치껏 끼어들었다.

그러자 몇몇이 잽싸게 움직였다.

"이, 일단 기도부터 확보하자고."

"지혈도 하고."

몇몇은 보고를 위해, 그리고 다른 몇 명은 대장원 내에 있는 의원을 부르기 위해 이동하자 남은 문도들이 황급히 부문 주와 백룡대주를 부축했다.

그러나 문도들의 손길에도 두 사람은 죽은 것처럼 미동도 하지 않았다.

"죽은 건 아니겠죠?"

"살아 있습니다. 죽일 거였으면 진즉에 죽였지요."

"하긴."

뒷짐을 지고서 여유롭게 서 있는 유하성의 모습에 설혜상 이 고개를 주억거렸다.

그러고는 눈을 반짝이며 유하성을 쳐다봤다.

처음 봤을 때부터 범상치 않은 인물이라고 생각했었지만 사실 그녀는 유하성의 실력이 이 정도일 거라고는 예상하지 않았다.

속가제자이기도 할뿐더러 나름의 정보망을 통해 무당파에 대해서 알아봤지만 유하성을 알고 있는 이가 단 한 명도 없 어서였다.

'잠룡이란 말이지.'

설혜상의 두 눈이 부담스러울 정도로 반짝였다.

아직 군룡도문주가 남아 있었으나 그녀는 더 이상 유하성 의 실력을 의심하지 않았다.

처음 추측했던 대로 유하성이 이길 자신이 있어 군룡도문 을 곧장 찾아온 것임을 알 수 있어서였다.

물론 지금이라도 군룡도문이 전력을 다해 유하성을 공격하면 죽일 수는 있었다.

하지만 군룡도문주는 그렇게 하지 못할 것이었다.

전쟁을 하면 이길 수는 있겠으나 무당파의 보복을 감당해야 했다.

'그런 미친 짓을 절대 할 리가 없지.'

다른 곳도 아니고 소림사와 함께 중원 정도무림을 이끄는 무당파였다.

그러니 제아무리 군룡도문주라도 섣불리 전쟁을 일으킬 수 없었다.

그럴 생각이었으면 처음부터 비무라는 명목으로 흑룡대주를 보내지 않았을 것이었다.

'무당파의 속가제자라.'

때문에 설혜상은 한결 편안해진 마음으로 주변을 살폈다.

정확하게는 조카인 설소연과 유하성을 말이다.

'진산제자라면 못 먹는 감이겠지만 속가제자라면 다르지.'

도명을 받은 무당파의 진산제자는 혼례를 올릴 수가 없었다.

그러나 속가제자는 달랐다.

혼인은 물론이고 삼처사첩을 데리고 사는 것도 문제가 없었기에 설혜상은 혀로 입술을 핥았다.

잠룡인 걸 알게 된 이상 수수방관한다는 건 말이 되지 않았다.

'다행히 소연이도 유 공자의 가치를 눈치챈 것 같고.'

여자에게 있어 미모는 가장 강력한 무기였다.

또한 이제껏 남자치고 미녀를 싫어하는 경우를 본 적이 없었다.

오히려 성공하면 성공할수록 미녀에 집착하는 게 남자였기에 설혜상은 의미심장하게 웃었다.

'배경이 무당파에 무공 실력이 군룡도문의 부문주를 가볍게 쓰러뜨릴 정도면 소연이의 짝으로 나쁘지 않지.'

설혜상이 흐뭇하게 웃었다.

자신의 조카라서가 아니라 설소연은 누가 봐도 아름다운 외모를 가지고 있었다.

또한 다재다능했기에 몇 년 전부터 계속해서 혼담이 들어오는 중이었다.

복건성에서 내로라하는 가문들과 문파들에서 말이다.

'구룡이 목표였지만 유 공자도 나쁘지만은 않아.'

누가 뭐래도 후기지수 중에서 최고는 구룡이었다.

단순히 무공 실력을 넘어 그들이 가지고 있는 배경이 대단했다.

하지만 그건 달리 말하면 배경으로 인해 설소연이 상대적으로 불이익을 받을 수도 있다는 걸 뜻했다.

"국주님."

"다 아니까 말하지 않아도 돼. 그러니 네 생각대로 하렴."

"알았어요."

설혜상의 말에 설소연이 의미심장하게 웃었다.

그러고는 자연스럽게 아이들에게 둘러싸여 있는 유하성에게로 다가갔다.

부문주가 패배했다는 소식에 규악중은 믿을 수 없다는 표정을 지었다.

고작 강호초출에게, 그것도 무당파의 속가제자에게 졌다는 게 믿기지가 않아서였다.

백룡대주까지는 어찌어찌 납득할 수 있었으나 부문주는 아니었다.

그렇기에 규악중은 한달음에 연무장으로 달려갔다.

"이제야 얼굴을 보는군요."

"……."

존칭을 하고 있었으나 규악중은 느낄 수 있었다.

자신에 대한 반감이 상당하다는 사실을 말이다.

그러나 지금 중요한 건 그게 아니었다.

"걱정할 거 없습니다. 아직은 죽지 않았으니까요."

"그렇다고 멀쩡한 것도 아니군."

"비무가 좀 격렬했거든요."

"내가 들은 보고하고는 다른데."

"관점은 각자 다를 수밖에 없는 법이지요."

유하성이 천진난만한 얼굴로 어깨를 으쓱거렸다.

어떻게 보면 약 올리는 모습처럼 보이기도 했다.

하지만 그런 유하성의 태도에도 규악중은 평정심을 잃지 않았다.

대신 날카로운 눈으로 유하성을 살폈다.

'……상처가 없군.'

보고받기로 유하성은 백룡대주를 두 수 만에, 그리고 부문주를 십 초식 안에 제압했다고 들었다.

심지어 두 사람의 도강을 맨손으로 붙잡았다고 했는데 어디에서도 상처나 혈흔은 보이지 않았다.

그렇다면 뜻하는 바는 하나였다.

'나 못지않은 고수다.'

규악중의 눈빛이 침중해졌다.

괜히 그가 보고를 받고 한달음에 달려온 게 아니었다.

군룡도문의 최고수는 그였으나 부문주의 실력도 그와 크게 차이 나지는 않았다.

그렇기에 규악중은 신중하게 생각했다.

"아시겠지만 저는 문주께 한 수 가르침을 받고자 찾아왔습니다. 물론 그 과정이 쉽지만은 않았습니다만."

유하성의 시선이 백룡대주와 부문주에게로 차례대로 향했다.

말투는 정중했으나 그 안에는 뼈가 담겨 있었다.

당신이 나서지 않았기에 이런 상황이 벌어졌다고 대놓고 말한 것이었다.

하지만 그 말에도 규악중은 분노하지 않았다.

"……그 부분에 대해서는 사과하지. 그러나 어느 정도는 이해해 주었으면 좋겠군. 자네도 알겠지만 비무첩을 보낸다고 모두 응해 주는 건 불가능하네."

예상했던 것과 달리 규악중은 상당히 점잖게 나왔다.

수하가 무려 세 명이나, 그것도 군룡도문에서 핵심 중의 핵심이라 할 수 있는 셋이 당했기에 당연히 노발대발하며 대뜸 살수부터 뿌릴 줄 알았는데 규악중은 그러지 않았다.

오히려 세간에 알려진 것과 다르게 상당히 정중하게 나왔다.

그러자 백기룡은 물론이고 설혜상도 실소를 흘렸다.

저 모습이 다 가식임을 알아서였다.

그리고 그건 유하성도 알았다.

"흑룡대주와 백룡대주, 부문주라면 자격 증명은 충분히 했다고 생각합니다만."

"맞지. 자격은 충분하지. 그런데 꼭 비무를 할 필요가 있나? 이미 자네의 뜻은 내가 잘 알고 있는데."

규악중이 넌지시 말했다.

지지 않을 거라고 생각하지만 지금 비무를 해서 그가 얻을 건 없었다.

오히려 이겨도 잃는 쪽은 그였다.

그렇기에 규악중은 굳이 비무를 할 필요가 없다고 생각했다.

"제 입장은 다릅니다만."

"화가 날 수밖에 없다는 거, 인정하네. 그럴 의도는 아니었으나 정황상 그렇게 생각할 수도 있다고 말일세."

유하성은 물론이고 백기룡과 설혜상의 표정이 재미있게 변했다.

사람을 앞에 두고 저렇게 뻔뻔히 말할 줄은 몰라서였다.

말투는 타이르는 듯했으나 의도는 명백했다.

"잡아떼시는 겁니까?"

"단어가 조금 그렇군. 난 절대 악독한 지시를 내린 적이 없네. 흑룡대주가 자네를 찾아간 건 오직 개인적인 이유 때문일세. 적어도 나는 그렇게 얘기를 들었네."

"모든 게 흑룡대주의 독단적인 행동이다?"

"그렇다네."

규악중이 조금의 표정 변화도 없이 당당하게 고개를 주억거렸다.

자신은 정말로 억울하다는 듯이 말이다.

그런데 어처구니없다는 표정을 대놓고 짓는 다른 이들과 달리 유하성은 되레 웃었다.

"그럴 수도 있겠죠. 사람 마음을 다른 사람이 들여다보는 건 불가능하니. 그러니 그 문제는 넘어가겠습니다. 대신 저도 개인적으로 부탁드리겠습니다. 한 수 가르침을 주시지요, 문주님."

"으음!"

돌고 돌아 다시 제자리로 돌아온 대화에 규악중의 눈썹이 꿈틀거렸다.

이렇게나 말이 안 통할 줄은 몰라서였다.

"정말 꼭 그렇게까지 해야겠나?"

"예."

"좋아. 후배에게 한 수 가르쳐 주도록 하지. 근데 그 가르침이 그리 친절하지는 않을 것이네."

규악중이 한 글자 한 글자를 씹듯이 말했다.

무슨 말을 해도 통하지 않으리란 걸 알았기에 그도 더 이상 물러나지 않았다.

다만 경고 아닌 경고를 했다.

생떼를 부린 만큼의 책임을 져야 한다고 말이다.

스르릉.

'최대한 빠르게 끝낸다.'

부문주를 쓰러뜨린 것으로 실력 증명은 충분히 되었다.

하지만 그렇다고 해서 규악중에게 두려움을 불러일으키지는 않았다.

상대하기가 까다로운 것이지 쓰러뜨릴 자신이 없는 건 아니었다.

복건성에서 가장 강한 무인을 꼽는다면 언제나 거론되는 게 바로 그였다.

"저는 준비되었습니다."

"그럼 시작하지. 아마 많이 따끔할 것이네."

"감사한 마음으로 한 수 배우겠습니다."

"흥!"

깍듯한 말과 달리 입에는 비릿한 조소가 맺혀 있었다.

그의 말을 유하성은 조금도 믿지 않는 것이었다.

하지만 중요한 건 그게 아니었다.

결국 결과는 승자가 말하는 법이었다.

쌔애애액!

콧방귀와 함께 규악중의 도가 섬광처럼 쇄도했다.

한 수 가르쳐 주겠다는 말과 달리 너무나 예리하게 심장을 노리고서 말이다.

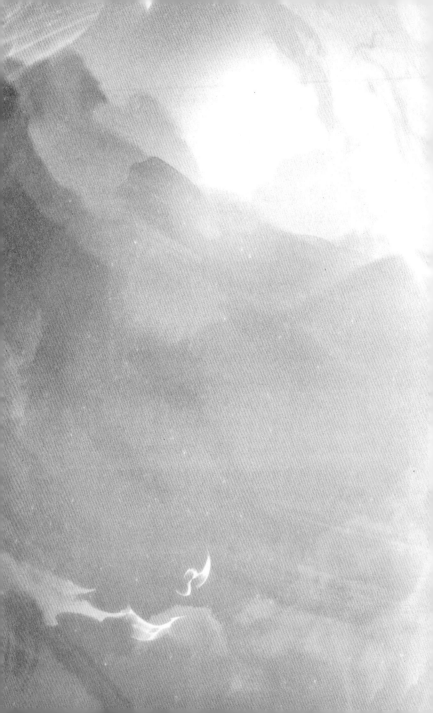

제8장 위기를 뒤집으면 기회가 된다

남들이 보기에는 강호의 선배가 성심성의껏 무공을 펼치는 것처럼 보였으나 도를 마주한 유하성은 느낄 수 있었다.

아주 은밀하게 참격에 살의가 숨겨져 있음을 말이다.

복건성을 대표하는 고수답게 규악중은 자신의 속내를 섣불리 드러내지 않았다.

방금 전의 영악한 대화처럼 자신의 속내 역시 교묘하게 감추었다.

'근데 그건 중요하지 않지.'

스윽.

한 줄기 빛살처럼 파고드는 규악중의 도세를 정면으로 마주 보며 유하성은 발을 내디뎠다.

그러고는 수도 없이 반복했던 태극보(太極步)를 밟았다.

무당파의 제자라면 모두가 알고 있는 보신경이었으나 그의 태극보는 조금 달랐다.

휘릭! 휘이익!

느릿한 발놀림과 달리 벼락처럼 떨어져 내리는 규악중의 도는 유하성에게 닿지 않았다.

닿을 듯 말 듯 종이 한 장 차이로 늘 스쳐 지나갔던 것이다.

물론 도강을 흩뿌리는 날카로운 도풍이 쉴 새 없이 사방에서 몰아쳤지만 옷은 갈라질지언정 피부는 베어지지 않았다.

이십 년 넘게 단련한 그의 육신이 도풍 정도는 가볍게 견뎌 냈던 것이다.

"차합!"

연이어 아슬아슬한 차이로 유하성이 공격을 회피해 내자 규악중이 기합을 터트렸다.

더불어 모든 공력을 끌어 올렸다.

처음부터 만만치 않은 상대라는 걸 알았기에 규악중은 절대 유하성을 경시하지 않았다.

최소 부문주를 상대한다는 마음가짐으로 도법을 펼쳤다.

쩌저저적!

그런데 전심전력을 다해 파상공세를 펼치는데도 여전히 유하성은 멀쩡했다.

벌써 이십 초가 순식간에 지났는데 말이다.

물론 유하성 역시 반격은 하지 못하고 있지만 중요한 건 기세였다.

공격이 통하지 않는다는 건 완벽한 우세를 점하지 못했다는 뜻이었기에 규악중은 이를 악물었다.

콰앙! 쾅!

더욱 거세게 뿌리는 참격에 연무장이 사정없이 갈라졌다.

규악중이 도를 휘두를수록 곳곳이 찢겨 나갔던 것이다.

하지만 여전히 규악중의 공격은 유하성에게 적중하지 못했다.

계속해서 간발의 차이로 비껴갔다.

스으윽.

규악중의 맹렬한 파상공세에도 자기만의 속도를 유지하던 유하성이 처음으로 땅을 박찼다.

미끄러지듯이 태극보를 펼치던 그가 일순 전진했던 것이다.

그러자 규악중이 기다렸다는 듯이 유하성을 향해 일도를 뿌렸다.

쩌어어엉!

그런데 놀랍게도 유하성은 지금까지와 달리 피하지 않았다.

유려한 몸놀림으로 충돌을 최대한 피하던 그가 처음으로

규악중의 일격을 받아쳤던 것이다.

그 모습에 규악중이 반색하며 내공을 가일층 끌어올렸다.

이대로 유하성의 팔을 잘라 버릴 작정이었다.

'우선은 팔, 다음은 다리다!'

규악중의 두 눈이 희번덕였다.

숨겨 놓았던 살의가 지금 이 순간 폭발하듯 솟구쳤다.

물론 그렇다고 해서 죽일 생각은 없었다.

현시점에서 무당파와 척을 지는 건 망하겠다는 뜻이나 마찬가지였기에 규악중은 딱 두 개만 떼어 낼 생각이었다.

터엉!

그런데 그때 그의 예상과는 전혀 다른 소리가 들려왔다.

기대했던 소리가 아닌 다른 소리가 들려왔던 것이다.

동시에 강력한 반발력이 손목에서 느껴졌다.

'이걸 막았다고?'

자신이 복건성의 최강자는 아닐지도 몰랐다.

거론되는 이들과 전력을 다해 겨뤄 본 적은 없으니까.

하지만 복건제일도를 말하라면 열에 아홉은 그를 말할 터였다.

그 정도로 적어도 복건성에서 최고의 도객은 바로 그였다.

한데 그의 일도를 유하성이 정면으로 받아 내자 규악중은 믿을 수가 없었다.

심지어 유하성은 지금까지 정면 대결을 피하기만 했었다.

'지켜본 거라고? 나의 공세를 받아 내면서?'

일순 그의 뇌리로 한 가지 가정이 떠올랐다.

그러나 이내 규악중은 그 생각을 털어 냈다.

자신이 극성으로 펼친 참룡십팔식(斬龍十八式)을 살펴본다는 건 달리 말하면 그보다 윗줄의 고수라는 걸 뜻했다.

하지만 그건 말이 되지 않았다.

'그저 운이 좋았을 뿐!'

말이 되더라도 그는 인정할 수 없었다.

그렇기에 그는 연거푸 도강을 뿌렸다.

한 번에 안 되면, 두 번, 세 번 휘둘러서 어떻게든 베어 낼 작정이었다.

쩌엉! 쩌어엉!

그러나 연이어 펼쳐지는 참룡십팔식에도 유하성의 두 팔은 멀쩡했다.

부문주를 상대할 때와 마찬가지로 생채기 하나 나지 않는 모습으로 규악중의 맹공을 받아쳤다.

두 주먹으로 연달아 맞받아쳤던 것이다.

"홍!"

겉으로 보기에는 맨손으로 보였으나 직접 상대하는 규악중은 알았다.

유하성의 주먹에 내강(內罡)이 펼쳐져 있음을 말이다.

효율적인 측면에서는 내강이 더 뛰어날지 모르나 위력은

전혀 달랐다.

웅웅웅!

그렇기에 규악중은 자신 있게 도를 내질렀다.

내강을 펼친다는 것 자체가 스스로의 공력이 부족함을 인정하는 꼴이어서였다.

그리고 그 말은 달리 말하면 장기전으로 갈수록 그가 유리하다는 걸 뜻했다.

스르륵.

한데 그때 사정없이 몰아치는 그의 도세 사이로 유하성의 두 팔이 미끄러지듯이 움직였다.

믿기지 않게도 아주 미세한 틈을 파고들어 그에게 뻗어 왔던 것이다.

마치 물수리가 물고기를 낚아채듯이 빠르고 간결한 움직임이었는데 그럼에도 규악중은 당황하지 않았다.

터어엉!

대신 손목을 이용해 유하성의 손아귀를 튕겨 냈다.

적수공권인 무투가가 어떤 방식으로 싸우는지 너무나 잘 알았기에 절대 잡히지 않았던 것이다.

그뿐만 아니라 좌장으로는 장강을 연달아 쏘아 냈다.

퍼펑! 퍼퍼퍼펑!

오른손으로는 참격을, 그리고 왼손으로는 장강을 연거푸 쏟아 내자 유하성의 상반신이 크게 흔들렸다.

태극권 특유의 원과 반회전을 그리며 규악중의 강맹한 공격들을 흘려 냈으나 워낙에 서로 간의 거리가 가까웠기에 완벽하게 흘어 내지 못한 것이었다.

그 모습에 규악중이 비릿하게 웃었다.

조금만 더 밀어붙이면 완벽한 승기를 가져올 수 있을 것 같아서였다.

우우웅.

그런데 그때 묘한 공명음이 규악중의 귓전으로 파고들었다.

더불어 유하성의 움직임이 달라졌다.

부드러운 움직임이 어느 순간 폭발적으로 변했던 것이다.

물론 원을 그리는 것은 똑같았으나 초식을 펼치는 속도가 달라졌다.

타아아앙!

더불어 도에서 느껴지는 반발력의 수준도 달라졌다.

좀 전까지는 크게 신경 쓰이지 않는 정도였는데 지금은 손목이 시큰거렸다.

한데 문제는 이 반발력이 점점 더 강해진다는 점이었다.

"큭!"

빨라진 속도만큼이나 그의 도신을 때리는 주먹질 역시 몇 배는 많아졌다.

그리고 그 말은 충격의 정도 역시 높아진다는 뜻이었다.

게다가 유하성의 정권은 단순히 강력한 것만이 아니었다.

　침투경의 묘리가 서려 있는지 충돌할 때마다 강렬한 고통이 도신을 타고 전신으로 퍼져 나갔다.

　'몰리면 안 된다.'

　전신을 저릿하게 만드는 고통에 규악중은 정신이 번쩍 들었다.

　이대로 계속 밀리게 되면 자신이 패배할 것 같다는 생각이 들어서였다.

　머릿속에서 울리는 경종에 규악중이 다급하게 좌수를 뿌렸다.

　일단은 간격을 벌릴 작정이었다.

　우우웅!

　왼손에서 뻗어 나간 기운이 순식간에 수강(手罡)을 이루었다.

　도강을 유지하면서 수강도 같이 발현한 것이다.

　그러나 유하성은 애초에 권강이 두 개였었다.

　꽈아아앙!

　두 주먹으로 각각 도강과 수강을 튕겨 낸 유하성은 두 다리도 활용했다.

　순식간에 규악중에게 접근해서는 발목과 오금을 가격해 균형을 비틀어 버리고는 그대로 들이받았다.

　몸통박치기를 하듯 몸으로 밀어 버렸던 것이다.

"허업!"

생각지도 못한 기상천외한 공격에 규악중이 곤혹스러운 표정으로 허우적거렸다.

몸의 균형을 완전히 잃은 상태였기에 완벽하게 무방비 상태가 되었던 것이다.

그걸 유하성은 놓치지 않았다.

수없이 드러나 있는 허점에 정권을 내질렀다.

쩌저적!

물론 규악중도 순순히 당하고만 있지는 않았다.

신체 균형이 흐트러진 걸 알았으나 방어할 방법이 전혀 없는 건 아니었다.

아직은 내공도 충분했기에 호신강기를 일으켜 막아 내려 했다.

그런데 문제는 그의 호신강기보다 유하성의 권강이 더 강력하다는 점이었다.

뻐억!

단숨에 규악중의 호신강기를 깨부순 정권은 그대로 안면에 작렬했다.

그리고 거기서부터 승부가 갈렸다.

침투경이 서려 있는 정권에 가격당하자 찌릿한 고통과 함께 온몸이 굳어 버렸고 매타작이 시작되었다.

한번 문 사냥감을 절대 놓치지 않는 맹수처럼 유하성은 무자비하게 두들겼던 것이다.

"끄으으……! 내가, 졌다."

중간중간 규악중이 어떻게든 상황을 반전시키고자 온갖 노력을 하기는 했으나 결과를 뒤집기에는 부족했다.

결국 규악중은 온몸을 늘어뜨리며 패배를 인정했다.

"무, 문주님!"

힘겹게 나오는 한마디에 군룡도문의 무인들이 침통한 표정을 지었다.

그리고 대부분은 믿을 수 없다는 표정을 지었다.

설마하니 비무에서 규악중이 질 줄은 몰라서였다.

'마음 같아서는 받은 만큼 돌려주고 싶지만.'

규악중의 패배 시인과 함께 유하성은 주먹을 거두었다.

그러나 눈빛만큼은 싸늘했다.

처음 자신에게 드러냈던 살의가 선명히 기억에 남아 있어서였다.

하지만 이 자리에서 규악중을 죽일 수는 없었다.

산적 무리였다면 아무런 망설임 없이 끝장을 내겠으나 군룡도문은 일단 정도를 표방하는 문파였다.

그리고 자신에게 해코지하려는 건 맞았으나 죽이려고 했다는 증거가 없었기에 명분 또한 부족했다.

"고생하셨습니다. 그리고 잘하셨습니다."

문도들과 의원들이 우르르 달려와 규악중을 치료하는 모

습을 서늘한 눈으로 지켜보고 있을 때 백기룡이 다가왔다.

마치 그의 마음을 다 알고 있다는 듯이 말이다.

"우와!"

"진짜 이기실 줄이야!"

"너무 멋졌어요! 완전!"

그러나 진지한 분위기는 얼마 가지 않았다.

백현승을 위시로 아이들이 우르르 달려와 전신에 매달려서였다.

그런 아이들의 모습에 유하성은 그만 피식 웃고 말았다.

"나머지 얘기는 따로 하시죠."

"그래야 할 것 같습니다."

"정말, 정말 대단하셨어요. 군룡도문주를 쓰러뜨리실 줄이야."

뒤이어 설혜상과 설소연이 다가왔다.

두 여인의 뒤에는 백봉표국의 표두들과 표사들이 있는데 그들 역시 충격받은 얼굴이었다.

"자신이 있으니까, 왔었겠죠?"

"생각은 누구나 하지만 그걸 실현시키는 사람은 별로 없죠. 그래서 다들 놀란 것이기도 하고요."

"저는 마무리를 하고 오겠습니다."

"아, 네."

의도가 보이는 칭찬 세례에 유하성이 적당히 끊었다.

굳이 설혜상의 말을 끝까지 다 들어 줄 필요는 없어서였다.

목적이 너무 훤히 보이기도 했고.

그래서 유하성은 몸을 돌려 부축을 받고 있는 규악중에게 다가갔다.

"오늘 많이 배웠습니다."

"……그건 내가 해야 할 소리 같은데."

"승리에서도 배우는 게 있으니까요."

"……."

규악중의 눈빛이 무겁게 가라앉았다.

하고 싶은 말이 많았지만 그는 한마디도 꺼내지 않았다.

보는 이들이 많았기에 입조심을 하는 것이었다.

그러나 눈빛으로 그가 하려는 말은 구 할 가까이 전해졌다.

"지금은 대화를 나누기에 상황이 좋지 않아 보이니 추후에 대청표국에서 마저 남은 대화를 나눴으면 합니다."

"……그러지."

한마디로 다음번에는 네가 직접 찾아오라는 소리에 규악중이 입술을 깨물었다.

그러나 패자는 유구무언이라고 그는 따질 자격이 없었다.

더욱이 명분도, 힘도 유하성이 가지고 있었다.

'왜 저런 녀석이 나타나서는! 후우!'

자기 할 말만 하고 뒤돌아서는 유하성의 뒷모습을 보며 규악중은 속으로 깊은 한숨을 내쉬었다.

동시에 복건성을 장악하려는 자신의 원대한 계획에 크나큰 차질이 생겼음을 느낄 수 있었다.

유하성이라는 단 한 명 때문에 말이다.

그리고 그건 군호표국 역시 마찬가지였다.

백현승은 좀처럼 잠을 잘 수가 없었다.

눈만 감으면 머릿속에 어제의 광경이 떠올라서였다.

복건제일인은 아니지만 그래도 복건성에서 제일 강한 무인을 꼽으라면 늘 다섯 손가락 안에 들어가는 무인이 바로 규악중이었다.

또한 모두가 인정하는 복건성 최고의 도객이기도 했고.

'근데 그런 무인을 형님께서 정정당당한 대결로 제압하셨지.'

침상에 누워 있던 백현승의 두 눈이 초롱초롱하게 빛났다.

심지어 유하성은 백룡대주와 부문주를 연달아 격파한 후 규악중을 상대했었다.

체력적으로도, 공력적으로도 불리한 상황에서 대결해 이긴 것이었기에 백현승은 더더욱 소름이 돋았다.

"게다가 형님께서 펼치신 건 태극권이었어."

백현승은 물론이고 모두가 경악한 것 중 하나가 바로 그것이었다.

흑룡대주를 시작으로 백룡대주와 부문주, 그리고 규악중을 상대할 때 유하성이 펼친 무공은 딱 한 가지뿐이었다.

바로 태극권이었는데 그 하나로 유하성은 복건성에서 내로라하는 고수들을 쓰러뜨렸다.

물론 모두가 알고 있는 태극권은 아니었으나 그 근본이 태극권임을 몰라보는 이는 아무도 없었다.

"정말 태극권 하나만 배우신 건가?"

처음 이 말을 들었을 때 백현승은 절대 믿지 않았다.

태극권이 뛰어난 무공인 건 그도 알고 세상 사람들 모두가 알았다.

하지만 절대무공이라는 칭호가 붙을 정도는 절대 아니었다.

무당파에서도 기본공 정도로만 취급받았고.

"일반적인 태극권과는 조금 다르기는 했지만 기본은 같아. 근데 그게 정말 가능한 건가?"

어제 태극권으로 규악중을 제압한 걸 직접 봤음에도 백현승은 여전히 믿기지가 않았다.

그가 알고 있는 태극권은 결코 그만한 위력을 가지지도, 그 경지까지 올려 줄 수도 있는 무공이 아니었기 때문이다.

"그리고 형님이 거짓말할 성격도 아니고."

오랜 시간을 봐 온 건 아니었으나 유하성의 성격을 파악하기에는 충분했다.

그렇기에 백현승은 신기해하기는 해도 의심하지는 않았다.

막말로 유하성이 거짓말을 할 이유도 없었고.

"무당파의 조사께서 태극권은 완벽한 무공이라고 말씀하셨다고 듣긴 했는데, 그게 정말이었나?"

이제는 전설처럼 회자되는 문구를 떠올리며 백현승이 고개를 갸웃거렸다.

예전에는 그냥 기본을 중요시하라는 말 정도로만 생각했었다.

그런데 어제 유하성이 보여 준 태극권을 보자 그게 진짜일지도 모른다는 생각이 들었다.

꼬끼오~!

"헐. 나 밤새운 건가?"

그때 굳게 닫혀 있는 창문 밖에서 수탉이 우는 소리가 들려왔다.

아직은 컴컴했지만 곧 해가 뜬다는 소리였기에 백현승이 두 눈을 비볐다.

그러고는 침상에서 벌떡 일어났다.

어차피 잠도 오지 않았기에 이대로 하루를 시작할 생각이었다.

"나도 될 수 있겠지……?"

이부자리를 정리하며 백현승이 중얼거렸다.

문득 예전에 유하성이 한 말이 떠올라서였다.

자신도 별 볼 일 없는 재능을 가지고 태어났다고.

그렇지만 절대 포기하지 않고 계속 수련했다고 말이다.

스윽.

그 말이 떠오르자 백현승은 자신도 모르게 주먹을 움켜쥐었다.

유하성이 해냈으니 어쩌면 자신도 할 수 있을지 몰랐다.

아니, 해내고 싶었다.

강호에서 가장 중요한 건 결국 스스로가 지닌 힘이었다.

자신이 지닌 정의와 신념을 지키고 관철시키기 위해서는 힘이 있어야 했다.

힘없는 정의는 그저 호소나 하소연에 불과했다.

끼이익.

무복으로 갈아입은 백현승이 처소를 나섰다.

이왕 일찍 일어난 거 운기조식을 깊게 해 볼 생각이었다.

탁. 탁. 탁.

아직은 어둠이 가시지 않았으나 태어날 때부터 살아온 곳이었기에 백현승은 눈을 감고도 연무장을 찾아갈 수 있었다.

그런데 고요한 적막 사이로 묘한 소리가 들려왔다.

결코 자연적이지 않은 소리가 연무장에서 흘러나왔던 것이다.

그래서 백현승은 눈을 껌뻑이며 조심스레 연무장으로 들

어갔다.

"형님?"

"이 시간에 네가 웬일이야?"

"잠이 안 와서요. 근데 형님은 언제부터 나오셨어요?"

어둠이 내려앉은 연무장에서 홀로 수련을 하고 있는 유하성의 모습에 백현승이 두 눈을 휘둥그레 떴다.

새끼손가락 하나로 물구나무를 서고 있는 모습을 보자 기가 질렸던 것이다.

"난 늘 이 시간에 나와."

"……매일 그렇게 수련하시는 거예요?"

"응."

"내공을 사용 안 하시는 거 같은데."

백현승의 시선이 유하성의 손등으로 향했다.

불룩 튀어나와 있는 힘줄이 오로지 근력과 균형 감각만으로 물구나무를 서고 있다는 걸 보여 주었기에 백현승은 놀란 표정을 감추지 못했다.

"당연하지. 내공이 다 떨어지면 뭐로 싸울 거야?"

"어, 정신력?"

"정신력은 그냥 나오나? 마음만 먹으면 생기나?"

기다렸다는 듯이 쇄도하는 반문에 백현승은 말문이 막혔다.

탈진한 상태에서는 아무런 생각도 들지 않는다는 걸 그간의 경험으로 잘 알아서였다.

내공도 없고 체력도 없을 때는 마찬가지로 정신력도 없었다.

심력은 두말할 필요도 없었고.

"열심히 하겠습니다……."

"공력을 쌓는 것도 중요하지만 기본기만큼 중요한 건 없어. 자기 육신도 제대로 다루지 못하는데 공력과 병기를 제대로 다루겠어?"

"아니죠."

백현승의 고개가 점차 숙여졌다.

한마디 한마디가 마치 화살처럼 그의 심장에 박혀서였다.

그런데 하나같이 다 맞는 말이었기에 반박할 여지가 없었다.

"아는 애가 그러고 있어?"

"바로 시행하겠습니다!"

말을 하면서도 손가락을 번갈아 가며 물구나무 팔굽혀펴기를 하는 유하성의 모습에 백현승이 황급히 단련을 시작했다.

먼저 몸을 풀기 위해 이런저런 자세를 취했는데 누워 있다가 나와서 그런지 온몸이 비명을 질러 댔다.

으드드득. 꾸드득.

"잘 풀리고 있네."

"으갸갸갸!"

관절 곳곳에서 흘러나오는 소리에 유하성이 흡족한 표정을 지었다.

반면에 백현승은 괴성을 질렀다.

몸은 풀리지만 그만큼 고통스러웠던 것이다.

"얼마 안 됐는데도 꽤 달라졌지?"

"네. 근데 생각해 보면 이렇게 처절하게 하는데 이 정도 성과도 없으면 말이 안 되는 것 같아요."

"성과가 있다는 사실을 다행으로 여겨야지. 나중에는 제자리걸음만 하게 될 텐데."

"생각만 해도 끔찍해요."

유하성에게 배운 대로 신체의 유연성을 개선시켜 주는 자세를 취하며 백현승이 창백한 표정을 지었다.

생각하는 것만으로도 너무 끔찍해서였다.

그러나 그도 알고 있었다.

언젠가 성장세는 둔화될 테고 정체가 이어지리라는 것을 말이다.

"그때가 오면 어떻게 해야 된다고 그랬지?"

"뒤돌아보지 말고, 허튼 생각 하지 말고 소처럼 우직하게 계속 수련해야 한다고 하셨어요."

"맞아. 그 방법밖에는 없어. 두드리다 보면 열리는 법이지. 안 열릴 수도 있지만."

"……그건 너무 무책임한 거 아니에요?"

"그러니 방법을 찾아야지. 벽을 깨는 건 각자 방법이 다르니까. 내 방법이 너에게 안 맞을 수도 있고."

유하성이 씨익 웃었다.

쉬지 않고 양손을 번갈아 가면서 팔굽혀펴기를 하고 있음에도 그의 얼굴에는 땀방울 하나 맺히지 않았다.

하지만 평소에 유하성이 하는 체력 훈련을 생각하면 백현승은 충분히 이해가 되었다.

겉으로 보기에는 지극히 평범하지만 유하성은 괴물이었다.

"결국 혼자 해결해야 한단 말씀이잖아요."

"세상에 쉬운 일이 어디 있어? 힘들다고 포기할 거야?"

"절대 아니죠. 갈 수 있는 곳까지는 가 볼 겁니다!"

"아주 좋은 마음가짐이야."

"군룡도문 소식 들으셨어요? 넷 다 심맥을 크게 다쳐서 몇 달은 요양해야 한다고 하더라고요."

백현승이 속 시원하다는 듯이 말했다.

만약 유하성이 강하지 못했다면 지금 이렇게 한가롭게 수련을 하지는 못했을 터였다.

대청표국 역시 반등은커녕 계속 형편이 악화되었을 것이고.

그렇기에 백현승은 너무나 고소했다.

"굳이 들을 필요가 있나. 내가 그렇게 만들었는데."

"역시 그런 거죠?"

"당한 게 있으면 이자까지 붙여서 갚아 줘야지. 내 성격이 당하고만 사는 건 용납을 못 해서. 그래도 죽이진 않았으니까."

"당연히 보복하겠죠?"

"그렇겠지?"

유하성이 의미심장하게 웃었다.

남들이 보기에는 정정당당하게 비무를 한 것처럼 보였으나 실상은 달랐다.

규악중은 살의를 꽁꽁 숨기고 있었고 유하성 역시 깔끔하게 승부만 보지는 않았다.

우연을 가장해서 심맥을 찢어 버렸기에 아마 치료하는 데 시간이 제법 걸릴 터였다.

"설마 기다리시는 거예요?"

"정당한 명분이 있다면 무엇이든 할 수 있으니까."

"그렇게 말씀하시니까 진짜 도사 같지 않으세요."

"난 속가제자라니까."

"그래도 반은 도사잖아요."

백현승이 피식 웃었다.

도사는 아닐지라도 도인 정도는 된다고 생각해서였다.

익히고 있는 무공 역시 도가(道家)에 뿌리를 두고 있었고 말이다.

"태극권 하나만으로? 중원무림에 태극권을 익히고 있는 사람만 수백만 명은 될 텐데?"

"에이. 태극권이라고 다 똑같은 태극권은 아니잖아요. 종류가 수십 가지가 넘는데요. 그중에서 진짜는 형님이 익히고 계시잖아요."

"내 태극권은 제자에게만 가르칠 거다."

"그럼 제가 첫 번째 제자가 되겠습니다!"

백현승이 넉살 좋게 소리쳤다.

그러나 유하성은 단칼에 거절했다.

"넌 안 돼."

"왜요?!"

일말의 망설임도 없는 거절에 백현승의 얼굴이 붉어졌다.

농담처럼 말하긴 했으나 그 안에는 진심이 절반 이상 담겨 있었다.

그렇기에 백현승이 불만을 가득 담아 소리쳤다.

"넌 대청표국을 이어야 하니까."

"그거하고는 상관없잖아요. 형님이 진산제자도 아니고."

"넌 가문의 무공을 익혔잖아."

"뿌리가 같으니 상관없지 않아요?"

"그래서 날름 삼키겠다고?"

유하성이 피식 웃었다.

검은 속내가 너무 적나라하게 보여서였다.

"에이. 제자가 저 혼자만 있을 것도 아닌데. 그리고 표현이 좀 그러네요. 지금도 거의 한 식구나 마찬가지인데."

"내가 가르쳐 줄 수 있는 건 태극권밖에 없다. 그게 전부이기도 하고."

"우우!"

백현승이 입술을 쭉 내밀었다.

말도 안 되는 소리라고 생각해서였다.

군룡도문주를 쓰러뜨린 건 분명 태극권이었지만 일반적인 태극권과는 결이 완전히 달랐다.

좀 더 상승무공 같은 느낌이라고나 할까.

"한 가지 간과하고 있는데, 네가 익힌 무공도 발전할 가능성이 무궁무진해. 물론 우선 대성부터 해야겠지만."

"……조언다운 조언을 해 주세요."

"왜? 만만하게 봤잖아? 상승무공이 아니라고."

유하성의 한마디가 예리한 비수가 되어 백현승의 가슴에 박혔다.

과거에는 정말 그렇게 생각해서였다.

하지만 지금은 달랐다.

유하성을 보고 정말 많은 생각들과 편견들이 박살 났다.

"제가 할 수 있을까요?"

"저번에도 말한 거 같은데. 고민할 시간에 차라리 검로 한

번 더 반복하는 게 이득이라고."

"그게 말처럼 쉬운가요."

"모든 시작은 다 작고 서툴러. 그렇지만 그게 쌓이고 쌓이면 태산이 되는 거지. 나라고 처음부터 특별했겠어?"

"그 말은 현재 자신은 특별하다는 거죠?"

유하성은 대답하지 않았다.

대신 물구나무를 끝내고서 바로 서며 어깨를 으쓱거렸다.

굳이 대답할 필요가 없다는 듯이 말이다.

"칫! 모두가 방법은 다 알아요. 근데 그걸 실천하기가 쉽지 않아서 그렇지."

"고민만 하다가는 시간 다 흘러간다. 죽음과 마찬가지로 모든 사람들에게 공평한 게 바로 시간이다. 그리고 그 시간을 어떻게 사용할 건지는 스스로가 정하는 거고."

"알죠. 아는데 쉽지가 않아서 그렇죠."

"난 강요한 적 없다. 선택은 네가 하는 거야. 그로 인한 결과 또한 네가 받아들이면 되고."

"근데 형님은 맛있는 거 먹고 싶지 않으세요? 식도락은 인생의 큰 즐거움 중 하나인데."

백현승이 조심스럽게 물었다.

평소에 유하성의 식단이 어떤지 잘 알아서 묻는 말이었다.

술은커녕 고기를 먹는 걸 백현승은 본 적이 없었다.

물론 식사를 늘 함께하는 건 아니었으나 알고자 한다면 유하성의 세끼 식사의 식단을 알아내는 건 어렵지 않았다.

"나도 고기 먹을 줄 안다. 너처럼 어렸을 때는 토끼며 사슴이며 멧돼지며 많이 잡아서 먹었지. 근데 이곳에 와서는 딱히 필요하지가 않아서."

"고기 말고도 세상에 맛있는 음식이 얼마나 많은데요. 사실 저희 아버지의 유일한 낙이 바로 새롭고 맛있는 음식을 먹는 거거든요. 그래서 예전에는 표행을 가면 그 지역 대표 음식을 꼭 드셨대요."

"확실히 인생의 즐거움 중 하나이긴 하지."

"벽곡단 안 질리세요?"

백현승은 진심으로 궁금했다.

벽곡단을 먹어 봤기에 하는 말이었다.

먹을 게 벽곡단밖에 없다면 당연히 벽곡단을 먹어야 하지만 세상에는 음식이 수없이 많았다.

그중에는 천하일미라 부르기에 모자람이 없는 음식들도 수두룩했고 말이다.

"질리는 수준을 넘어가면 괜찮다."

"으으!"

"몸의 상태를 항상 최상으로 유지하기 위해서는 좋은 선택이기도 하고. 그리고 부족한 재능으로 천재들을 따라잡으려면 무언가를 포기해야 해. 어떻게 보면 의지력이라고도 볼 수 있겠네."

"근데 하나만 포기하는 게 아니잖아요."

백현승이 몸을 부르르 떨었다.

도적에 이름이 올라간 도사도 아니건만 유하성의 삶은 구도자나 선승과 놀랍도록 흡사했다.

그렇기에 백현승은 사실 자신이 없었다.

유하성처럼, 유하성과 같은 삶을 살 자신이 말이다.

"늘 말했지만 똑같이 할 필요는 없다."

"환골탈태를 하면 마음대로 먹을 수 있을까요?"

"글쎄. 내가 해 본 게 아니라서 뭐라고 말을 못 하겠네."

"그래도 육신이 최고 수준이 되면 마음대로 먹고 살 수 있을지 않을까요?"

"꼭 그렇지만은 않을걸? 근골이 바뀌었다고 해서 망가지지 않는 건 아니니까."

유하성은 회의적인 표정을 지었다.

육체가 달라지긴 하겠으나 그렇다고 아무거나 막 먹어도 될 것 같지는 않아서였다.

게다가 무의 길에 끝이 없는 것처럼 육체 역시 마찬가지일 터였다.

"끔찍하네요."

"일단 걸음마부터 떼고 나서 걱정을 했으면 하는데."

"알고 있으니까 너무 후벼 파지 말아 주세요. 안 그래도 힘든데."

"힘들기는."

"누나가 한 명 있었으면 좋았을 텐데."

백현승이 뜬금없는 말을 내뱉었다.

그러면서 유하성을 힐끔거렸다.

이유를 말하지는 않았으나 의도가 무엇인지는 바로 알 수 있었다.

"허튼 생각 하지 말고 수련이나 해. 일단 지금 익히고 있는 무공부터 대성할 수 있도록."

"그럼 조언해 주시는 거죠?"

"조언 정도는 어렵지 않지."

"흐흐! 저의 집념을 보여 드리죠!"

백현승의 눈빛이 달라졌다.

투덜거리는 것과 달리 백현승은 진지하게 수련에 임했다.

더 이상 말하지 않고 말이다.

그 모습을 유하성은 조용히 지켜봤다.

삐이이. 삐리리리.

한적한 오후 유하성은 대청표국의 장원 뒤에 있는 야트막한 뒷산에 올랐다.

잠깐 생긴 짬에 바람도 쐴 겸 생각도 정리할 겸 해서 유하성은 풀 하나를 입에 물고 풀피리를 불었다.

'사부님께서 참 좋아하셨지.'

찾아오는 이가 어느 순간 없어지고 작은 오두막에서 그와 명운은 조손지간처럼 지냈다.

그가 생각하기에 사제지간이라기보다는 조손 관계에 더욱 가까웠다.

그래서 유하성은 조금도 외롭지 않았다.

사부가 있었고, 놀 거리는 주변에 얼마든지 있었다.

'이 곡조를 제일 좋아하셨지.'

누구에게 배운 게 아니라 스스로 터득한 풀피리를 유하성은 두 눈을 지그시 감고 불었다.

이제는 들려줄 수 없지만, 추억이 된 곡조였으나 이걸 부르면 명운이 인자하게 웃는 게 떠올랐다.

특히 귀천하기 얼마 전에 병색이 짙은 얼굴로 짓던 미소가 말이다.

젊었을 적에 연구와 함께 스스로의 몸에 이런저런 연구를 했기에 말년에 늘 힘겨워했었는데 지금처럼 풀피리를 불면 신기하게도 편안하게 웃었었다.

스읍.

과거를 회상하며 한 식경 가까이 풀피리를 불던 유하성이 입을 벌렸다.

그러자 때마침 불어오는 바람결을 타고 그의 입에 붙어 있던 풀피리가 날아갔다.

다가오는 인기척을 느끼고 멈춘 것이었다.

"분위기는 밝은데 묘하게 슬픈 느낌이었습니다."

"사부님께 자주 불어 드리던 곡이었습니다. 따로 형식이 있는 건 아니고 제 스스로 만든 거지만요."

"듣기에는 아주 좋았습니다."

"급한 일이 생긴 겁니까?"

유하성이 자리에서 일어났다.

군룡도문주에게서 승리하자 복주에서 제일 유명한 사람은 그가 되었다.

하지만 그 못지않게 백기륭 역시 바빴다.

유하성이 일으킨 바람을 이용하고자 많은 이들이 대청표국을 찾아와서였다.

"아닙니다. 저도 잠시 바람을 쐴 겸 나왔는데 유 공자님이 이곳으로 가셨다는 말을 들어서요."

"많이 피곤하시죠?"

"하하. 아닙니다. 오히려 하루하루 너무 행복합니다. 사람들이 찾아온다는 건 그만큼 일감 역시 늘어난다는 뜻이니까요. 그래서 유 공자님께 더욱 감사합니다. 만약 유 공자님이 찾아오시지 않았다면 곽 표사도 그렇고 저희도 끝내 말라 죽었을 겁니다."

곁으로 다가온 백기륭이 정중하게 포권을 했다.

하지만 유하성은 고개를 저었다.

반등의 기점이 된 건 분명했으나 모든 변화가 그 때문에 일어난 건 아니라고 생각했다.

신의와 도의를 지키며 살아왔기에 이런 기회가 찾아온 것이었다.

"제가 아니었어도 대청표국은 다시 일어섰을 겁니다."

"그렇게 말씀해 주셔서 감사하지만, 솔직히 저는 달랐을 거라고 생각합니다. 제가 살아온 방식과 삶을 후회하지는 않습니다만, 제 능력이 너무나 부족하단 걸 잘 알고 있습니다."

"국주님."

백기룡의 표정이 삽시간에 어두워졌다.

인간적으로 그는 좋은 사람이었다.

하지만 국주로서는 실격이었다.

우선 능력이 뒷받침되지 않았다.

그러나 유하성은 그게 심각한 결격사유라고 생각하지는 않았다.

모든 국주가 그 표국에서 최고수인 건 아니었으니까.

"저는 국주님께서 자괴감을 가지실 필요는 없다고 생각합니다. 적어도 저는 국주님께서 잘해 오셨다고 생각합니다. 제가 이런 말을 할 자격은 없겠지만요."

"아닙니다. 절대 그렇지 않습니다."

백기륭이 황급히 손사래를 쳤다.

연배는 그보다 아래였으나 강호의 배분은 그와 비슷했다.

게다가 한 명의 무인으로서 유하성은 존경할 만했기에 백기륭은 가당치도 않다는 표정을 지었다.

"그래서 저는 앞으로도 잘하실 거라 생각합니다."

"정말, 감사합니다. 큰 힘이 되었습니다."

"주제넘었다면 죄송합니다."

"절대 그렇지 않습니다. 오히려 저도 모르게 하소연을 하게 된 꼴이라. 원래는 이런 말을 하려고 찾아뵌 게 아닌데 말이지요."

"괜찮습니다. 속에 있는 건 가급적 털어 내는 게 좋습니다. 그리고 저도 반은 도사이지 않습니까?"

유하성이 장난스럽게 웃었다.

어떻게 보면 속세를 떠나 도사 생활만 이십 년 넘게 한 게 그였다.

그러니 반은 도사라고 해도 이상하지 않았다.

삶의 반 이상을 산속에서 보내기도 했고.

"그러고 보니 궁금합니다. 작은아버지께서는 어째서 유 공자님을 진산제자로 받지 않으셨을까요?"

"도사 팔자가 아니라고 하셨습니다."

"지금까지의 생활을 보면 누구보다 도사에 어울리시는데요."

이번에는 백기륭이 장난스럽게 웃었다.

작은아버지는 아니라고 하지만 그가 보기에는 누구보다 도사다운 게 유하성이었다.

"차차 이유를 알게 되지 않겠습니까."

"하긴 그것도 그렇겠네요. 이제 서른 살이시니."

"표사와 쟁자수로 지원하는 이들이 있다고 들었습니다."

"조금 있습니다. 그런데 다들 딴 꿍꿍이속이 있더라고요. 유 공자님께서 무사부로 계신다는 말을 듣고 오는 이들이 대부분입니다. 근데 그마저도 저희에게는 감지덕지라."

백기륭이 쓴웃음을 지었다.

검은 속내가 훤히 보이는데 웃기는 건 현재 대청표국은 그런 이들도 감지덕지하며 받아야 하는 입장이라는 점이었다.

큰 의뢰는 없지만 자잘한 일감은 계속해서 들어오는 중이기도 했고.

"점차 나아지지 않겠습니까. 당장은 적당히 이용하는 방법도 있고, 아니면 천천히 소속감을 갖게 만드는 것도 한 가지 방법이니까요."

"맞습니다. 그래서 다각도로 생각해 보는 중입니다. 하지만 우선은 생계 때문에 다른 곳으로 간 표사들과 쟁자수들부터 불러 볼 생각입니다."

"그것도 좋은 방법 같습니다."

대청표국의 국주로서 능력은 조금 떨어질지 모르나 인망

이나 신의는 복건성에 존재하는 그 어떤 표국주들보다 뛰어난 게 백기륭이었다.

산채를 털면서 재정 상태가 좋아진 만큼 그들을 다시 불러 모으는 것도 나쁘지만은 않다고 생각했다.

"여기 계셨네요!"

요즘 각자 바빴기에 이런저런 대화를 나누는데 등 뒤에서 반가움이 섞인 미성이 들려왔다.

거의 매일같이 대청표국을 찾아오는 이의 목소리에 유하성과 백기륭은 똑같은 표정을 지었다.

"안녕하세요, 국주님. 그리고 유 공자님."

"오늘은 무슨 일인가?"

"두 분하고 차 한잔하려고 지나가다가 들렀어요."

"그런가."

속이 훤히 다 보이지만 백기륭은 웃었다.

청춘 남녀가, 그것도 여인이 적극적으로 나오는데 제삼자인 그가 만류하는 것도 웃겨서였다.

다만 적극적으로 다가오는 설소연과 달리 유하성의 반응은 미적지근했다.

속가제자인 만큼 혼례를 올릴 수 있는 몸임에도 불구하고 딱히 반기지 않는 느낌이었다.

'인연이란 게 어떻게 될지 모르니까.'

어색하기보다는 선을 명백하게 긋는 모습이었으나 남녀

관계는 어느 순간 확 바뀔 수도 있었기에 백기룡은 두 사람의 관계에 관여하지 않았다.

그 나이쯤 먹게 되면 자연스레 알게 되는 게 있었다.

될 인연은 어떻게든 되고, 안 될 인연은 무슨 짓을 해도 되지 않았다.

그렇기에 백기룡은 조용히 지켜볼 생각이었다.

투웅! 퉁!

유하성은 오늘도 어김없이 비무를 하고 있었다.

군룡도문주 규악중을 쓰러뜨린 후 정말 복건성 곳곳에서 비무첩이 날아왔다.

높아진 무명 덕분인지 비무첩에 담긴 내용은 하나같이 정중했다.

흑룡대주처럼 다짜고짜 찾아오지 않았기에 유하성 역시 보답하듯 비무에 최선을 다했다.

터어엉!

무당산에서 홀로 수련한 유하성에게도 좋은 경험이 되었고 말이다.

게다가 표사들과 쟁자수들에게도 좋은 일이었다.

다른 이의 비무를 보는 것만으로도 큰 도움이 되었으니까.

"윽! 제가 졌습니다."

물과 같은 움직임으로 송가장 출신의 검객을 연달아 튕겨 내자 결국 중년인이 패배를 시인했다.

전력을 다해 무공을 펼쳤음에도 도무지 유하성의 방어를 뚫을 자신이 없어서였다.

거기다 계속되는 공격으로 체력과 공력이 바닥나기도 했고 말이다.

"고생하셨습니다."

"아닙니다. 저야말로 비무에 응해 주셔서 감사합니다. 정말 많이 배웠습니다."

또래로 보이는 검객이 검을 납검하고는 깍듯하게 포권을 했다.

지금의 무명이 결코 허명이 아님을 이번 비무로 느꼈기에 중년인의 얼굴에는 감탄과 선망이 가득했다.

알려지기로는 무당파의 속가제자라고 하는데 실력은 결코 평범한 속가제자의 수준이 아니었다.

"저도 많이 배웠습니다. 감사합니다."

"하하! 나중에 시간이 맞으시면 차나 한잔하시죠."

"알겠습니다."

보통은 술 한잔하자는 말이 나와야 했으나 유하성이 술을 마시지 않는다는 건 이미 복주 전역에 알려져 있었다.

또한 화식을 거의 안 한다는 것도 말이다.

그리고 무인으로서 술을 멀리해서 나쁠 건 없기에 중년인
은 이마에 맺힌 구슬땀을 소매로 닦고는 연무장을 나갔다.
　짝짝짝!
　"역시 대단하세요, 형님!"

제9장 무당에서 온 손님

자그마한 쟁반에 냉수 한 잔을 가득 채워서 가져온 백현승이 박수를 쳤다.

벌써 몇 번이나 본 비무이지만 그는 볼 때마다 놀라웠다.

게다가 유하성은 지금까지 십여 번의 비무 동안 단 한 번도 패배하지 않았다.

심지어 상처를 입은 적도 없었다.

"너스레는 그만 떨고."

"에이. 전 진심으로 말한 건데요. 아마 다들 마찬가지일걸요?"

백현승의 고개를 따라 유하성도 시선을 옮겼다.

그러자 초롱초롱한 눈으로 자신을 쳐다보는 쟁자수들이

보였다.

신입이 들어오기는 했으나 현재는 기본적인 업무를 배우고 있었기에 현재 연무장에 있는 이들은 유하성이 대청표국을 처음 방문했을 때 있던 아이들과 표사들뿐이었다.

"이런 기회가 흔한 건 아니니까요."

"볼 때마다 개안하는 느낌입니다."

표사들이 거들듯이 한 마디씩 보탰다.

실제로 정말 많은 걸 느끼고도 있었고.

하지만 역시 가장 큰 건 유하성의 가르침이었다.

정말 딱 필요한 부분에서 해 주는 조언에 다들 하루하루가 다르게 성장하는 느낌을 받고 있었다.

"저는 형님이 오래 머물러 주셨으면 좋겠어요. 근데 그건 욕심이겠죠?"

"당장은 떠날 생각이 없어. 벌여 놓은 일은 마무리하고 가야지."

"대신에 가면 오랫동안 보지 못하겠죠?"

"그렇겠지. 언젠가는 무당산에 돌아가야 하니까."

"역시 그럼 제가 찾아가는 게 빠르겠네요."

잠시 울적한 표정을 지었던 백현승이 히죽 웃었다.

꼭 유하성이 오기만을 기다릴 필요는 없어서였다.

유하성이 오지 못한다면 그가 찾아가면 되었다.

그리고 그때는 지금보다 훨씬 성장해 있을 터였다.

"좋은 마음가짐이야."

"저도 반드시 고수가 되어서 뭇 미녀들의 관심을 받고 말 거예요!"

"저도요!"

"나도!"

"으흐흐흐!"

아이들은 물론이고 표사들의 표정이 이상하게 변했다.

무엇을 생각하는 건지 다들 음흉하게 웃었던 것이다.

"고수가 되고 난 다음에 생각해도 안 늦을 거 같은데."

"이런 상상이라도 해야 의욕이 생기죠. 매일 똑같이 이어 지는 고통스러운 수련에 이런 즐거움마저 없으면 못 버텨요. 우리는 형님이 아니라고요."

"그렇긴 하지."

"근데 형님은 관심 없으세요? 아니, 눈에 차는 여자가 없 는 건가요? 소연 누나만 해도 엄청난 미녀인데."

백현승이 이해할 수 없다는 표정을 지었다.

유명세와 함께 유하성을 찾아오는 건 비무첩만이 아니었다.

혼담까지는 아니더라도 꽤나 많은 미녀들이 유하성에게 관심을 표하며 대청표국을 찾았다.

그런데 정작 유하성은 무관심했다.

"지금은 여자를 만날 때가 아니라서."

"정해진 때는 없지 않아요? 이제 형님 나이도 적지 않으신데……."

백현승이 말끝을 흐렸다.

서른 살이라는 나이는 결코 적지 않았다.

빠르면 열일곱, 열여덟에도 혼례를 올리는 걸 생각하면 유하성은 노총각이나 마찬가지였다.

무림에서는 나이에 크게 연연하지 않는다고 하나 그래도 적은 건 절대 아니었다.

"고맙구나. 내 나이를 걱정해 줘서."

"슬슬 생각하실 나이잖아요. 아, 진짜 나한테 누나만 있었으면 어떻게든 밀어주겠는데 하필이면 외동아들이라."

"있어도 안 됐을걸?"

"무림삼화에 비견될 정도일 수도 있잖아요. 무림사화가 되었을 수도 있고요."

"흐음."

유하성이 고개를 갸웃거렸다.

그런데 재미있는 건 유하성만이 그런 게 아니라는 점이었다.

사람 좋고 덕이 많긴 하지만 백기룡이나 전대 국주, 그리고 백현승도 잘생긴 얼굴은 아니었다.

자고로 좋은 밭에서 상등품의 열매가 맺히는 법이었다.

"우와. 다들 너무한다. 빈말이라도 맞장구는 쳐 줄 수 있는 건데."

"흠흠! 아닌 건 아닌 거니까요."

"죄송합니다, 소국주님."

뒤늦게 표사들이 백현승을 달랬다.

그러나 이미 빈정이 상할 대로 상한 상태였다.

"안녕하세요! 근데 분위기가 안 좋네요?"

"설 소저."

"안녕하십니까!"

명랑한 목소리로 크게 인사하며 연무장 안에 발을 들이던 설소연이 눈을 동그랗게 뜨고 두리번거렸다.

분위기가 평소와는 많이 다른 것 같아서였다.

"하하. 그럴 만한 사정이 있었습니다."

"그런가요? 아, 제가 이번에 운 좋게 귀한 차를 구해서요. 혹시 군산은침이라고 들어 보셨나요?"

곽두일의 설명에 짧게 대답한 설소연이 조심스럽게 물었다.

자칫 자랑으로 들릴 수도 있기에 눈치를 살피는 것이었다.

"압니다. 마셔 본 적은 없지만요."

"그럼 이번에 맛보세요. 양이 넉넉하지는 않지만 모두가 한 잔씩 맛볼 정도는 돼요."

"저희는 괜찮습니다."

"아, 체력 단련할 시간이다!"

곽두일을 비롯해서 쟁자수 아이들이 눈치껏 빠졌다.

귀한 건 달리 말하면 비싸다는 말과 일맥상통했다.

맛이 궁금하지 않은 건 아니지만 그렇다고 눈치 없이 얻어 마시는 건 불편했다.

애초에 설소연의 목적이 유하성이라는 것을 잘 알기도 했고.

"그럼 다음번에는 간단하게 먹을 간식거리를 가져올게."

"감사합니다!"

그런 아이들의 마음을 설소연 역시 눈치챘기에 웃으며 말을 이었다.

사실 넉넉히 가져왔기에 이렇게 신경 써 주지 않아도 되었지만 말이다.

그러면서 새삼 대청표국의 사람들이 순박하고 정이 많다는 걸 깨달았다.

표국을 운영하면서 이런 이들을 데리고 있는 건 정말 쉽지 않았다.

'딱히 정치질을 하는 이도 없고 말이지.'

능력은 떨어질지 모르나 인덕 하나는 복건성에서 제일이라고 생각했다.

어쩌면 그렇기에 유하성이라는 대운이 찾아온 것일지도 몰랐다.

"접객실로 가시죠."

"네."

백기룡과 대청표국에 대해 다시 생각하고 있을 때 유하성이 입을 열었다.

그러나 거의 매일같이 봤음에도 불구하고 그의 어조에는

딱히 친근한 느낌이 없었다.

지극히 사무적인 목소리에 설소연이 묘한 미소를 머금었다.

목석도 이런 목석이 없어서였다.

'참 신기한 사람이란 말이지.'

유하성의 뒤를 따르며 설소연이 그의 뒷모습을 지그시 쳐다봤다.

처음 만났을 때도 그렇고 지금도 유하성에게는 탈속적인 분위기가 있었다.

겉모습만 보면 소문처럼 대단한 고수처럼 느껴지지도 않았고.

그러나 실제 모습은 완전히 달랐다.

'군룡도문주보다 최소 두 수는 위야. 그렇다는 말은…….'

설소연은 아직도 선명하게 그날이 떠올랐다.

그리 어렵지 않게 규악중을 제압하던 유하성의 모습이 말이다.

의복이 갈가리 찢어지기는 했으나 상처는 거의 없었다.

그마저도 생채기가 전부였고.

그게 말하는 바는 명백했다.

겉으로 보기에는 대등했을지 모르나 실제로는 다르다는 얘기였다.

'어쩌면 구룡에 근접해 있을지도 몰라.'

후기지수이지만 웬만한 중견 고수보다 더한 고수들로 인

정받는 이들이 구룡이었다.

또한 추후 정도무림을 이끌 이들이기도 했고.

괜히 용(龍)이라는 단어가 별호로 들어가 있는 게 아니었다.

그런데 설소연은 앞에 앉은 유하성이 구룡에 비견될지도 모른다는 생각이 들었다.

'고모는 아니라고 하겠지만.'

사람을 보는 안목이 탁월한 게 바로 설혜상이었다.

하지만 그녀도 늘 맞지만은 않았다.

그중 하나가 유하성이었고 말이다.

"아, 제가 할게요. 어려서도 다도를 배웠거든요."

"그렇습니까."

차호와 찻잔을 챙겨 오기 무섭게 설소연이 익숙하게 가져온 군산은침을 꺼내 우려냈다.

그런데 그 과정이 물 흐르듯이 자연스러웠다.

잠시 후 그윽하고 깊은 향이 실내를 가득 채웠다.

"향이 좋죠?"

"예."

자연스럽게 눈을 감고 음미하게 되는 향에 유하성이 고개를 주억거렸다.

비싸서가 아니라 풍기는 향 자체가 범상치 않았다.

생육부터 볶고 말리는 과정까지 장인의 손에서 이루어진 듯한 향기에 유하성은 기분이 좋아졌다.

무당산에서 만들어 먹었던 차도 좋았지만 군산은침은 그와 다른 색다른 매력을 지니고 있었다.

또르륵.

"드셔 보세요. 향도 좋지만 맛은 더 좋거든요."

"감사히 마시겠습니다."

예의를 갖춘 후 유하성이 한 모금을 들이켰다.

그리고 그 모습을 설소연이 기대 가득한 눈빛으로 쳐다봤다.

평소 벽곡단만 먹는 만큼 미각이 상당히 예민하다는 걸 잘 알아서였다.

"어떠세요?"

"훌륭하네요. 제가 마셔도 되나 싶을 정도로요."

"그 정도로 비싸진 않아요. 상등품은 맞지만 황실에 가는 최상품은 아니거든요. 그건 구하고 싶다고 해서 구할 수 있는 게 아니기도 하고요. 그리고 유 공자님께서 해 주신 일에 비하면 이건 아무것도 아니에요."

설소연이 빙긋 웃으며 말을 이었다.

만약 유하성이 군룡도문주를 꺾지 못했다면 군호표국의 횡포는 더더욱 심해졌을 터였다.

현재 군호표국이 예전처럼 제멋대로 하지 못하는 데에는 유하성이 아주 큰 역할을 하고 있었다.

군호표국의 뒤에 군룡도문이 있다면 대청표국에는 유하성이 있었다.

게다가 유하성은 속가제자라고 하나 무당파의 제자였다.

　거기다 일개 속가제자라고 하기에는 지나치게 뛰어난 무위를 지니고 있었다.

　"저는 딱히 한 게 없습니다만."

　"유 공자님 덕분에 저희 표국도 낙수 효과를 받고 있거든요. 또한 유 공자님의 비무를 보고 감명받기도 했고요. 솔직하게 말씀드리면 친분을 맺고 싶어서요."

　다 아는 사실을 굳이 감출 필요는 없었다.

　그렇기에 설소연은 솔직하게 말했다.

　괜히 에둘러 표현하는 것보다는 유하성의 성격상 이게 더 나을 것 같다는 판단이 들어서였다.

　이미 많은 여인들이 추파 아닌 추파를 보내고 있었고 말이다.

　"혹시 부담되는 건 아니시죠?"

　"그런 건 아닙니다."

　"다행이네요. 사실 많이 신경 썼거든요. 혹시라도 유 공자님의 개인 시간을 빼앗는 건 아닐까 하고. 수련을 정말 열심히 하신다고 들었거든요."

　설소연이 가슴을 쓸어내렸다.

　배려라는 게 보이지 않게 하는 것도 중요하지만 때로는 티를 내 줘야 했다.

　그래야만 아는 사람도 있었다.

　"아직 많이 부족해서요."

"유 공자님이요?"

설소연이 두 눈을 휘둥그레 떴다.

진심으로 놀랍다는 듯이 말이다.

"예. 아직 갈 길이 멉니다."

"지금도 대단하신데요."

"무의 길은 끝이 없으니까요."

"정말 대단하신 거 같아요."

설소연은 열심히 맞장구를 치며 칭찬을 섞었다.

자고로 칭찬을 싫어하는 사람은 없었다.

그리고 친해지는 데는 대화만큼 좋은 것도 없었다.

물론 설소연의 노력만큼 관계가 깊어질지는 미지수였지만
말이다.

찾아오는 사람이 많아졌지만 유하성은 모든 이들을 만나
주지는 않았다.

비무야 무공 수준을 넘어 그에게도 좋은 경험이었다.

사부와 오랜 시간 수련했다고 하나 다양한 무공을 견식하
고 겨룰 수 있는 비무와는 비교할 수 없었다.

어린아이에게서도 배울 점이 있다는 공자의 말처럼 유하
성은 악명이 있거나 악의가 있는 상대가 아닌 한 비무는 최

대한 응했다.

하지만 그 외의 만남은 가렸다.

특히나 여인들의 추파 같은 걸 말이다.

"저잣거리를 많이 좋아하시는 거 같아요."

"산에서 이십 년 넘게 살아 봐. 저잣거리가 싫을 수가 있나."

"무당산 아래에는 균현이 있잖아요?"

따라 나온 백현승이 고개를 갸웃거렸다.

산에서 오래 생활했다고 하나 그렇다고 속세에서 아예 벗어난 건 아니었다.

오히려 균현은 복주보다 상권이나 규모가 더 큰 것으로 알고 있었다.

"거기서 산 건 아니니까. 자주 내려갈 일도 없었고."

"안녕하세요!"

"그래."

"무복 맞추실 거 있으면 저희 포목점으로 오세요! 엄마가 싸게 해 주실 거예요!"

복주의 저잣거리인 만큼 대청표국에서 일하는 아이들이 많았다.

그렇기에 걷다 보면 익숙한 얼굴들이 보였다.

"나중에."

"꼭 찾아와 주세요!"

"그래그래."

무당
패왕
武當霸王

"그거 아세요? 저희 표국에 지원하는 아이들이 엄청 많아진 거요."

애늙은이처럼 유하성이 아이들의 인사를 받아 주는 걸 지켜보던 백현승이 입을 열었다.

무언가를 말하고 싶다는 듯이 입술을 꿈틀거리면서 말이다.

"알지. 인원이 달라졌는데."

"대부분이 쟁자수에 지원했어요. 이유는 형님이고요."

"그럴 테지."

"어? 안 놀라세요?"

세상만사에 크게 관심을 보이지 않지만 백현승은 알고 있었다.

유하성이 이런 낯간지러운 소리에 약하다는 걸 말이다.

면전에서 하는 칭찬에는 덤덤한데 의외로 이런 유의 말에는 약했다.

탈속적인 분위기와 달리 인간미가 있다고나 할까.

"나도 귀는 있어."

"헤에. 평소에는 닫고 사시는 줄 알았는데."

"친해졌다고 너무 맞먹으려고 하는 것 같다? 내가 삼촌뻘이라는 걸 잊은 건 아니지?"

"에이. 제가 어떻게 형님하고 맞먹으려고 하겠어요. 사제지간은 아니지만 가르침을 받고 있는데. 어찌 하늘 같은 무사부님께 무례를 범할 수 있겠습니까."

백현승이 장난스럽게 고개를 숙였다.

그러나 입꼬리는 잔뜩 올라가 있었다.

"말이나 못하면."

"제 마음 아시죠?"

"글쎄. 나는 독심술을 펼칠 줄 몰라서. 도력도 없고."

"허어. 어찌 제 마음을 몰라주시는 겁니까!"

"시끄럽다. 떠들 거면 돌아가. 난 조용히 둘러보고 갈 거니까."

유하성이 휘적휘적 걸어갔다.

남들이 보기에는 별다를 것 없는 일상일지 모르나 유하성에게는 달랐다.

아주 어릴 적에는 하루하루 먹고사는 게 문제였기에 구경다운 구경을 해 본 적이 없었다.

그래서 유하성에게는 이런 평범한 일상이 아주 중요했다.

"어떻게 형님만 놔두고 먼저 돌아가요. 제가 시중을 들어야지. 이제는 대청표국을 대표하는 무인이 되셨는데요."

"그렇게 말해도 뼈 안 묻는다."

"저도 염치가 있지 거기까지는 바라지 않습니다. 과욕을 버려야 한다고 지금도 매일 듣는데요, 뭐. 그래도 이왕이면 오래 머물러 주셨으면 합니다. 헤헤헤!"

백현승이 넉살 좋게 웃으며 말했다.

그런데 그게 밉지 않았다.

약삭빠른 게 꼭 나쁘지만은 않아서였다.

"나중에 국주가 되면 넌 잘할 거 같아."

"칭찬이죠?"

"물론이지. 국주님은 지금 주춧돌을 다듬고 기둥을 세우시는 중이니까. 특히 인복이 있으시니 곧 제자리를 잡을 거다."

형편이 어려울 때도 끼니 걱정을 하던 이들을 챙긴 게 백기륭이었다.

또한 대청표국의 자금 사정이 좋지 않음에도 빚을 내면서까지 하인들과 표사, 쟁자수 들에게 월봉을 챙겨 주었고.

그 선의가 하나둘 다시 대청표국으로 돌아오고 있었다.

살림살이가 나아졌다는 소식이 퍼지기 무섭게 사람들이 빠르게 모여들었다.

"다 형님 덕분이에요. 모두 그렇게 생각하고 있고요."

"난 물꼬만 터 줬을 뿐이지. 선대에서 덕을 쌓은 것도 있고."

"그건 맞는 거 같아요. 어쩜 이렇게 시기적절하게 형님을 보내 주셨는지."

"운명이란 게 존재할지도 모르지."

"형님은 안 믿으세요?"

백현승이 눈을 반짝였다.

개인적으로 그는 운명을 믿었다.

지금과 같은 상황은 운명이라는 두 글자가 아니고서는 설명이 되지 않아서였다.

"맹신하지는 않지. 다 정해져 있다면, 재미없잖아?"

"그렇긴 해요. 그럼 저도 적당히 믿는 걸로!"

"잘 생각했어. 너만의 기준을 세우는 건 중요해. 특히나 너처럼 하나의 조직을 이끌어야 하는 이는."

"형님이 많이 도와주셨으면 좋겠어요."

"이보다 더?"

유하성이 어처구니없다는 표정을 지었다.

과욕을 자제하겠다고 말한 게 방금 전 같은데 그새 까먹고 과한 욕심을 부리는 것 같아서였다.

"이건 바람이죠, 바람. 아주 순수한 바람. 그래서 말인데, 괜찮은 인재가 보이시나요?"

"인재?"

"예. 저와 달리 재능 넘치는 아이들이요. 이번에 많이 채용되었잖아요."

백현승이 눈을 반짝였다.

고수인 만큼 재목을 보는 안목 역시 남다를 거라고 생각해서였다.

이미 단칼에 그를 보고 천재나 수재가 아니라고 단언하기도 했고.

"왜? 있으면 견제하게?"

"아뇨. 친해져서 오래 붙들어 놓게요. 대청표국에 뼈를 묻도록요!"

武當霸王
무당패왕

"하하하."

농담이 아닌 진심이 담긴 말에 유하성이 피식 웃었다.

그러면서 한편으로는 참 일관된 성격이라고 생각했다.

의외로 그릇이 넓기도 했고 말이다.

"형님 말씀대로 저는 천재가 아니잖아요. 그러니 제 부족한 부분을 채워 줄 인재를 등용해야죠. 사람을 적재적소에 잘 활용하는 것 또한 중요한 능력이라고 들었어요."

"맞아. 근데 그게 참 쉽지 않지."

"그래서 형님께 도움을 받고 싶습니다!"

"나도 속세에 내려온 지 얼마 안 됐다. 관상학은 배운 적이 없어. 다만 한 가지 알고 있는 건 넌 좋은 아버지를 두었다는 거지."

"제가 가장 먼저 배운 것이기도 하고."

돌려 말해도 찰떡같이 알아듣는 백현승의 모습에 유하성은 피식 웃었다.

근골은 평범할지 모르나 머리는 확실히 뛰어났다.

그리고 그걸 제대로 활용하는 법도 알았고 말이다.

'시간만 좀 더 흐른다면, 별다른 사건 사고가 없다면 과거의 위상을 찾을 수 있겠어.'

유하성의 시선이 하늘로 향했다.

그러자 인자하게 웃고 있는 사부의 모습이 보였다.

핏줄임을 증명하듯 백현승, 백기륭과 묘하게 닮은 명운의 모습이 말이다.

무당파의 제자임을 증명하는 듯한 푸른색 무복을 입은 청년 두 명이 송문고검을 패용하고서 복주에 도착했다.

여기까지 오는 내내 경신술을 펼쳤는지 두 사람 다 무복에 흙먼지가 가득했다.

"콜록콜록! 내가 복건성의 성도까지 오게 될 줄이야!"

"투덜거릴 거면 지금이라도 돌아가."

"마음 같아서는 지금 당장이라도 돌아가고 싶지. 근데 그게 내 뜻대로 되냐? 돌아가면 그분이 가만히 있으시겠어? 지금이야 많이 유순해지셨다지만, 예전 성격 너도 잘 알잖아?"

"잘 알지. 그러니까 그만 체념하라고. 네 투정 받아 주는 것도 지겹다."

호리호리한 체격에 갸름한 얼굴을 가진 청년과 달리 누가 봐도 남자답게 생겼다는 말이 나올 정도로 각진 얼굴과 다부진 체격을 가진 사내가 짜증을 숨기지 않으며 말했다.

투정을 받아 주는 것도 한두 번이지 오는 내내 이러니 이해해 주기는커녕 화가 났다.

"너도 솔직히 좀 그렇잖아. 아무리 특명이라고 하지만 우리가 여기까지 오는 게 말이 돼? 그저 그런 일대제자도 아니고 우리 사부님들이 대무당파의 장로님들이신데?"

"보필해야 하는 분이 사숙님이시다."

"그래 봤자 속가제자잖아."

원호라는 도명을 가진 청년이 입술을 삐죽 내밀었다.

항렬은 사숙이라지만 진산제자도 아니고 속가제자에게 사
숙님이라고 부르는 건 좀 그래서였다.

물론 다른 이도 아니고 그분이 콕 짚어 챙기라고 한 만큼
평범한 인물은 아니겠지만 그래도 일대제자 중에서 손꼽히
는 실력자인 자신이 복주까지 올 정도는 아니라고 생각했다.

막말로 그 말고도 시킬 이들은 무당파에 많았다.

"말조심해라. 그래 봤자 속가제자가 아니라, 사숙님이시다."

"뉘예뉘예. 저도 잘 알고 있습뉘다. 설마하니 내가 사숙
앞에서도 이러겠어?"

"넌 충분히 그러고도 남지. 말실수한 게 어디 한두 번인가?"

"야야, 그때는 어렸을 때고. 열 살 때 이야기를 왜 지금 꺼
내?"

원호의 얼굴이 붉어졌다.

쓸데없이 과거 얘기를 꺼내는 게 마음에 들지 않아서였다.

그러나 원상은 진지했다.

"최근에도 실수했었잖아?"

"……그걸 어떻게 알았어?"

원호가 흠칫 놀랐다.

그때 같이 있었던 것도 아닌데 원상이 알고 있다는 게 놀라워서였다.

하지만 원상은 대수롭지 않다는 듯이 말을 이었다.

"그건 중요하지 않고. 네가 실수를 저질렀다는 게 중요하지."

"걱정 마라. 네 발목은 안 붙잡으마."

"다들 말은 그렇게 하지. 근데 문제는 일 저지르는 놈 따로 있고 뒷수습하는 놈 따로 있다는 거다."

"거참."

원호가 새끼손가락으로 귀를 후비적거렸다.

끊이질 않는 잔소리에 귀에 딱지가 생길 것만 같았다.

"이래서 있는 집 자식이란."

"왜 이야기가 그리로 가? 그런 식의 일반화는 좋지 않다고. 그리고 내가 있는 집안 출신인 건 맞는데 난 제대로 누린 기억이 없어."

"기억이 없을 뿐이지 누린 건 맞을 거 아냐?"

"그렇게 말하면 또 아니라고 하기가 애매하지. 명문세가인 건 맞으니까. 그런데 지금 난 도사라고. 도명이 있는 진짜 도사."

"술 좋아하는 말코도사겠지."

원상이 한마디 툭 쏘아붙였다.

도인이라고 해서 술을 마시지 말라는 법은 없었다.

하지만 원호는 그 정도가 좀 심했다.

"술이 어때서. 가끔씩 한잔 정도는 괜찮지."

"가끔씩?"

원상이 어처구니없다는 표정을 지었다.

사람마다 기준이 다르겠지만 적어도 그를 비롯해 일반적인 사람은 매일같이 술을 마시지 않았다.

그리고 매일 마시는 사람에게는 보통 중독이라는 단어를 썼다.

"다 왔다. 저기 맞는 거 같은데? 현판에 대청표국이라고 써져 있잖아. 깃발도 있고."

점점 매서워지는 원상의 눈초리에 원호가 앞으로 치고 나갔다.

그간의 경험상 이런 식의 대화가 길어져서 좋을 게 없어서였다.

"어디서 오셨습니까?"

"무당파에서 왔소이다."

"무, 무당파요?"

정문을 지키고 있던 문지기들이 두 눈을 껌뻑였다.

요 근래 다양한 사람들이 대청표국을 방문하고 있지만 무당파는 처음이었다.

그러나 이내 두 명은 표정을 바로 했다.

인연이 없는 곳도 아니기에 무당파의 제자들이 찾아온 게 이상한 일은 아니었다.

"우선 안으로 들어가시죠."

"고맙소이다."

한 명은 정문을 지켜야 했기에 다른 한 명이 두 사람을 이끌고 안으로 들어갔다.

그러면서 지나가던 하인에게 무당파에서 손님이 왔음을 알렸다.

또르륵.

고요한 침묵을 가르며 차가 찻잔에 담기기 시작했다.

하지만 누구 하나 입을 열지 않았다.

백기룡은 상황이 어떻게 돌아가는지 지켜볼 요량이었고, 유하성은 갑자기 찾아온 이들에 대해 곰곰이 생각하느라 입을 다물었다.

"처음 뵙겠습니다. 사숙. 원상이라고 합니다."

"원호입니다."

공손한 원상과 달리 원호는 어쩔 수 없이 인사한다는 티를 팍팍 냈다.

마치 속가제자에게 인사를 올려야 한다는 게 마음에 들지 않는다는 듯이 말이다.

물론 제 딴에는 티를 안 낸다고 생각하는 듯하지만 유하성이나 백기룡의 눈에는 그게 훤히 보였다.

그 모습에 옆에 앉은 원상이 나지막하게 한숨을 쉬었다.

"원 자 돌림이라면 일대제자이겠군."

"그렇습니다."

인사 말고는 할 말이 없다는 듯이 원호는 입을 다물었다.

그러나 원상은 애초에 그에게 딱히 기대를 하지 않았다.

최악의 상황 역시 가정하고 있었고.

아니, 차라리 자기 혼자만 남는 게 더 편할 거라고 생각했다.

"여기까지는 무슨 일이지? 국주님의 표정을 보아 하니 미리 연락을 하고 온 건 아닌 것 같은데."

"맞습니다. 저희는 사숙을 뵈러 왔습니다."

"나를?"

"예. 사백조께서 사숙을 보필하라 하셨습니다."

원상의 대답에 백기룡이 두 눈을 휘둥그레 떴다.

그가 누구의 제자인지는 모르겠으나 일대제자의 사백조라면 항렬이 작은아버지와 같았다.

더불어 일대제자 둘을, 그것도 범상치 않아 보이는 진산제자 둘을 보낼 정도의 영향력이 있으려면 보통의 신분으로는 불가능했다.

"사백조라."

"이걸 사숙께 전달해 드리라고 하셨습니다."

"흐음."

다른 제자들과 교류가 전혀 없었기에 유하성은 원상이나 원호가 누구의 제자인지 몰랐다.

하지만 사백조라고 하는 순간 한 사람이 떠올랐다.

현재 무당파에서 그에 대해 알고 있는 사람은 한 명, 아니 두 명뿐이었다.

그중 직접 대화한 이는 한 사람뿐이었고.

스윽.

원상이 건넨 서찰을 유하성은 빠르게 읽어 내려갔다.

내용이 길지 않았기에 금방 읽은 유하성은 피식 웃었다.

짧은 내용이지만 핵심은 하나였다.

"거기 너. 싫은 티 내지. 말고 돌아가. 나도 억지로 데리고 있을 생각 없으니까. 사백께는 내가 돌려보냈다고 하면 될 거야."

"예?"

유하성이 서찰을 읽든 말든 관심 없다는 듯이 뚱한 표정을 짓고 있던 원호가 당혹스러운 표정을 지었다.

설마하니 이렇게 대뜸 돌아가라고 할 줄은 몰라서였다.

다음 권으로 이어집니다